大雅

为一种品格注脚

休斯系列

生日信

［英］特德·休斯　著
张子清　译

广西人民出版社

Birthday Letters
by TED HUGHES
Copyright：ⓒThis edition arranged with FABER AND FABER LTD.
through Big Apple Agency, Inc., Labuan, Malaysia.
Simplified Chinese edition copyright：
2023 Guangxi People's Publishing House Co., Ltd
All rights reserved.

桂图登字：20-2022-193

图书在版编目（CIP）数据

生日信/（英）特德·休斯著；张子清译.—南宁：广西人民出版社，2023.1
（休斯系列）
书名原文：Birthday Letters
ISBN 978-7-219-11405-6

Ⅰ.①生… Ⅱ.①特… ②张… Ⅲ.①诗集—英国—现代 Ⅳ.①I561.25

中国版本图书馆 CIP 数据核字（2022）第 119094 号

生日信
SHENGRI XIN
［英］特德·休斯/著 张子清/译

出 版 人　韦鸿学
策　　划　白竹林
执行策划　吴小龙
责任编辑　唐柳娜
责任校对　覃丽婷
装帧设计　刘　凛
封面用图　保罗·克利画作

出版发行　广西人民出版社
社　　址　广西南宁市桂春路6号
邮　　编　530021
印　　刷　恒美印务（广州）有限公司
开　　本　889mm×1194mm　1/32
印　　张　9.5
字　　数　230千字
版　　次　2023年1月　第1版
印　　次　2023年1月　第1次印刷
书　　号　ISBN 978-7-219-11405-6
定　　价　65.80元

版权所有　翻印必究

给弗莉达和尼古拉斯

译　序

　　二十世纪后半叶英美诗坛的一桩最大的公案莫过于英国桂冠诗人特德·休斯（Ted Hughes，1930—1998）与美国著名自白派诗人西尔维娅·普拉斯（Sylvia Plath，1932—1963）闪电式结合、闪电式婚变所造成的悲剧，其影响之广之深之久实属罕见。

　　他俩在1956年2月参加《圣巴托尔夫评论》编辑部举行的酒会上一见钟情，坠入爱河。普拉斯时年二十三岁，就读于美国史密斯学院，获富布莱特奖学金后赴剑桥大学深造。休斯时年二十五岁，正攻读剑桥大学的硕士学位，主修英文和人类学，兼做玫瑰园园丁，他灯芯绒夹克衫口袋里常塞着诗稿，走遍了伦敦。1956年6月，休斯和普拉斯结婚。几年之后，他俩迁居美国，然后又回到伦敦。他俩常常旅行，从未安居一处。由于双方性格不合，短短六年的婚姻生活一直处于磕磕绊绊之中，最后导致感情彻底破裂。休斯于1962年下半年与阿西娅·魏韦尔同居，丢下了普拉斯、两岁的女儿和六个月的儿子。普拉斯受不了精神与生活上的双重压力，在休斯离开她数月之后，且在与休斯办理离婚手续的过程中用煤气自杀身亡。但她生前决未料到自己不久将成为女权主义运动的偶像。约翰·伯吉斯说：

　　　　普拉斯写诗直至1963年去世为止，她一直运用不和谐的、有时病态的意象传达战后美国妇女孤独的感情和普遍的无能为力。在七八十年代，她的作品被愈来愈多的人，尤其被女权主义者奉为真理，于是她成了本世纪最畅销的诗人之一，成了死后才获奖的普利策奖获得者。

从此休斯便成了众矢之的，受尽抨击，长达三十五年，直至他去世。普拉斯安葬在英格兰东北部的约克郡，墓碑上刻有"西尔维娅·普拉斯·休斯"字样，憎恨休斯的人愤怒地刮掉"休斯"这个姓，前后有六次之多。休斯种在墓地四周的水仙花球茎也被恨他的人挖掉。当他应邀去朗诵诗歌时，女权主义者集合起来，对他提出强烈的抗议，并且高呼"杀人犯"的口号。有一次他去澳大利亚，遭到手举标牌的示威者的声讨。有一次甚至有人把休斯的稿纸堆在他住屋的几个房间里放火烧掉。一批女权主义批评家、普拉斯研究者把休斯当作可憎的男性原型加以口诛笔伐。到目前为止，至少有五部同情女方谴责男方的普拉斯传记面世，而休斯拒绝这些传记作者的采访，形成了他与传记作者的对立状态。英国著名诗人、诗评家阿尔弗雷德·阿尔瓦雷斯在普拉斯死后写了一篇回忆她的文章，登载在《观察家》上，该文详细描写了她死前的悲惨处境，激起广大读者对她产生极大的同情和对休斯无比的愤恨。设法保护子女心灵免受伤害的休斯虽然强使阿尔瓦雷斯撤销了对该文的登载，但已造成的影响再也消除不了。

休斯长期受到广泛而深远的敌视，从表面上看，至少有以下因素造成如此局面：

一、休斯在两个小孩幼小、普拉斯生活极端困难的情况下抛妻却雏而酿成悲剧，显然在道义上大失人心。

二、休斯离开普拉斯之后，与他同居的另一个女人阿西娅·

魏韦尔在五年后也同样采用煤气自杀的方式结束了他们的关系，这对休斯的为人说明了什么？

三、二十世纪七十年代出版的普拉斯日记和书信充满了她对休斯的怨愤之情，休斯对此能作何解释？

四、普拉斯的传记作者们和评论家们对休斯及其姐姐奥尔温·休斯不爽快地提供有关普拉斯的材料感到愤怒，总觉得他们在控制普拉斯的遗著和名声。

五、随着西方女权主义运动的兴起与发展，女权主义文学批评家们痛惜普拉斯耀眼的诗才毁灭的悲惨命运，同时自然地迁怒于休斯的冷酷无情。但更深层次的原因也许如彼得·威尔逊所说："七八十年代女权主义审美趣味的迅速发展引起了在每个女子悲剧后面寻找男性迫害者的需要。"[1]何况这位悲剧女子是大名鼎鼎的自白派诗人，这就更增加了世人对休斯的憎恨。

休斯也有自知之明，打从普拉斯辞世以来，关于他与妻子在一起生活的情况，面对爱好爆炒新闻的新闻界，他一直保持自我保护性的沉默，一来保住他英国绅士的体面，二来保护他的子女免受更大的心灵伤害，也使他自己避开痛苦感情的纠缠。尽管他的捍卫们为他说话，认为普拉斯一开始情绪就不稳定，在结婚前就有过自杀未遂的情况，而且是她把休斯赶出屋外，但休斯深知无论进行怎样的辩解，自己总是处于被抨击的地位，因为普拉斯之死毕竟与他离弃她息息相关。不过，斯蒂芬·格洛弗对此倒说出了一些公道话，他说：

---

[1] 参见《泰晤士报》专栏《特德·休斯纪念西尔维娅·普拉斯的"惊世之作"》（1998年1月24日）。

我们知道休斯和他的姐姐奥尔温如何监督普拉斯的遗著出版，知道休斯如何销毁普拉斯的一本日记和禁止其他文章的发表。我们从认识他俩的人那里听到了他们对他俩婚姻的无数叙述。然而，我感到我根本没有真正了解这些事实，对于我来说，他俩生活的内情和创作盎格鲁-撒克逊史诗《贝奥武甫》的无名作者的生活情形同样模糊不清。现在有这方面的细节，太多的故事混淆真相，而不是澄清真相。根据某些叙述，普拉斯是一个贪婪、挑衅、自私的魔鬼。根据其他人的叙述，她很讨人喜欢、慷慨、可爱。至于休斯，他可能被说成是自负、暴躁和吹毛求疵的人，而不大可能被视为长期遭受精神痛苦、忠诚和一丝不苟的人。其他的一切关系难以知晓，但这不等于说我们并不想去了解他们。关于普拉斯和休斯的婚姻生活，有好几部传记和几千篇文章。普拉斯以严厉的笔调写的关于休斯的一些诗行、她辞世的方式和休斯的努力辩白牢牢地加重了反对他的舆论分量。

在过去的三十五年里，人们把休斯当作毫无心肝、男权主宰一切的象征。但他不理睬一切干扰，干他所要干的事。作为桂冠诗人，他照常为国家的重大庆典写诗，积极投身于环保运动。1998年出版的《取自奥维德的故事》(Tales from Ovid)获得了惠特布雷德最佳诗歌奖。与此同时，他默默地为出版普拉斯的著作校对和写前言。他的确销毁了普拉斯的最后一本日记，理由是为了保护子女不受心灵伤害。如今他把普拉斯早期的日记与《生日信》同时出版。至于阿西娅·魏韦尔之死，至今无从深究。

休斯几乎不接受采访。他不相信新闻记者的公正性，认为新闻记者总是纠缠于他与普拉斯的关系上，几乎不关心他生活中的其他一切和他的作品。他认为保护个人的隐私，人皆如此。他在1993年对少数他愿意接受采访的采访者之一布莱克·莫里森说："记者在我的朗诵会上或其他公众场合来到我跟前，问起他认为有价值的新闻时，十有八九是有'争议的'问题，触及我私生活的问题。对他们来说，这是他们的工作，不得不这样做。但对我而言，那意味着对我的公审。"当然，他同时也知道，保持沉默存在着被猜疑的危险。1989年，在给安妮·史蒂文森——他唯一愿意与之合作的普拉斯传记作者——的一封信中，休斯说："我知道我的沉默似乎认可每一个谴责和胡思乱想。总的来说，我喜欢如此，让自己被拽到斗牛场，被撩拨，被刺棒刺，被逼吐出我与西尔维娅生活在一起的每个细节，以供千百个文学教授和研究生做更高级的消遣品。在这种情况下，他们除了怀有低级趣味的好奇心之外，什么也感觉不到，不管他们如何道貌岸然，假装专注于宗教信仰般的文学批评和对伦理的虔诚，他们的好奇心是属于土里土气性质的，大众喜爱的流血运动[①]性质的。"他对持有偏见的文学界和新闻界的痛恨程度由此可见一斑。在《言论自由》(《生日信》第八十四首)一诗里，休斯对以他和普拉斯不幸的婚姻为乐事的"一些名作者……出版家们、博士们和教授们"进行了同样辛辣的讽刺。但要与这么多的文人学士论战谈何容易，保持沉默其实是他出于无奈的一种策略。当然对他歪曲得太离谱的新闻报道或文章，他以写信的方式，登在报上，以正视听。例如，有一个人诬陷他，说他在普拉斯安葬的当天晚上开欢乐的晚会，他对此公开进行了回击。尽管如此，外界对普拉斯的兴趣却有增无减，而作为普拉斯的丈夫及其遗著的法定版权执行人，休斯几乎成了

[①] 指斗牛、猎狐等杀戮动物的运动。

公众攻击的靶子。常见到新闻报道，说好莱坞有兴趣拍摄表现普拉斯一生的电影。也许是休斯鉴于电影的巨大影响力，才在1998年打破他的沉默，以诗的形式，把他与普拉斯这段大家长期为之争论不休的婚姻生活昭告天下，以此向世人表明普拉斯是他年轻时的伴侣和爱妻，他是多么爱怜她，多么理解她扭曲的心灵。1998年6月16日，休斯在给两位德国译者安德烈和罗伯特的信中终于道出了他发表《生日信》的初衷并敞开了掩闭数十年之久的心扉：

我不时地写一两首这类诗，断断续续，长达二十多年，没有想到发表。我的目的是找一种很简单、心理上天真而赤裸的语言。我与她交流思想感情可以说是直接的，无拘无束，无自我意识。在一定程度上，我的确找到了那种亲近的波长，一首首诗成了生命的载体，使我要保存它们。这儿那儿明显的"诗意"也许较浓，在表达上较省略，但凡诗的另外的品格——声音的亲切性没达到最高程度的篇章，我便不收进诗集。少数几首几乎并不直露的诗篇我并未去掉，多数诗篇以这样或那样的方式表现了高度的自卫性。我整个的着眼点是去除胸中的某些郁积——用亲密的方式对她直接倾诉。这是一种需要。这比我在二十五年之前一下子卸下背上的重负好得多。事实上，我是在六月前才决定出版的……我试图所做的一切是脱光衣服，成为赤子，跋涉于其中。

休斯这封信的重要性在于它必定消除英美诗评家们对休斯发表《生日信》动机所做的不少不符合实际的猜测和臆断。

《生日信》一共八十八首诗，除了两首之外①，其余都谈了他同普拉斯的关系。其中有多篇读起来像是短篇小说，记录了他俩日复一日的生活中发生的大大小小的事件，反映了夫妻之间千丝万缕、纠缠不清的不了情。其中清楚地讲到他俩的初恋，求爱，结婚，生小孩，直到她三十岁时的自杀。诗集有多处对普拉斯著名自传体小说《钟罩》和著名诗集《爱丽尔》都有反响。读者深入地阅读下去时，会发现普拉斯不稳定的情绪威胁着这对恋人的爱情和她自己的生命，而休斯诗歌的调子也变得愈来愈悲凉凄怆。当你读着《死后的生命》，了解到休斯在普拉斯死后带着两个小孩上床而彻夜难眠时听到狼嚎也感到安慰，难道不为之潸然泪下？世间伤怀事千万种，精神创痛莫过于此。休斯以曲笔描写动物与现代人的原始本能著称于世，优美，含蓄，境远而情高。然而，他在写《生日信》时，几乎用散文的笔法，淋漓尽致地向普拉斯倾吐衷肠！年复一年，写了二十五年之久，寄托他"斩不断，理还乱"的相思情，无论其中夹杂的是爱是恨是怨还是悲。普拉斯对他来说，虽死犹生，她的形象在他眼前比以往任何时候都更加真切。难怪伦敦大学的诗人贾森·威尔逊说，比起休斯通常的诗，《生日信》里的诗结构松散，叙事成分多。写信与叙事总是分不开的，但它给人以自然而亲切的感觉。

　　包括普拉斯在内的美国自白派诗人以毫无顾忌地揭示自己的隐私而令世人瞩目。如果用自白派诗美学衡量《生日信》的话，休斯不愧为伟大的自白派诗人。在该诗集出版以前，《泰晤士报》

---

① 这两首诗是直指普拉斯父亲的《一张奥托的照片》和对他的子女倾诉的《一条条狗正吃着你们的母亲》。

周末版已经连载,并且宣称休斯的这些诗"确立了这位桂冠诗人作为英国文学中主要作家之一的地位",并且将其与"布莱克、济慈、哈代和奥登"相提并论。休斯在艺术上取得的成就究竟有没有这么高,有待进一步的公论,但他作为二十世纪伟大的自白式悲剧诗人,恐怕是谁也难以怀疑的了。牛津大学诗歌教授詹姆斯·芬顿对休斯在诗里提供大量的信息(即自白成分)有高度的评价,他说:

> 有一两个诗人长期怀有雄心壮志,写一首诗,引起读者一部分兴趣的是内容。读这首诗的人将去找出它传达了什么信息。休斯在这方面取得了成功。大家被他的感受所吸引。内容本身不会保证诗的成功,但像这样的内容没有多大害处。引人注目的是他处理这种题材的力度。

只要不带成见或偏见,谁都不会感受不到休斯在他的诗里灌注了何等浓烈的痛苦感情,不少诗行炽热得如同火山爆发时流淌的岩浆。有一个名叫安德鲁·莫兴的英国诗人说,他读《生日信》时觉得受到了晴天霹雳般的震撼,其感染力迅猛异常。曾使休斯恼火的阿尔瓦雷斯对该诗集作了客观的评价,他说:"这些诗给我的印象是:他没有试图重写历史,而是企图捕捉曾经发生过的情景。"

休斯是条硬汉子,他一直默默地顶住文学界和新闻界里一股褒普贬休的浪潮。1997年8月,他把《生日信》的手稿交给费伯出版社,只有费伯出版社社长乔安娜·麦克尔,主席马修·埃文斯和诗歌编辑克里斯托弗·里德知道。他们根据他的意愿,在出版前不做包装式的宣传,他也不写前言或后记,不做必要的注解，但诗集出版后的第一周就销售了五万册。但休斯拒绝新闻采访，而是让作品本身直接与读者见面。他把这花了他后半辈子心血的结晶题赠给将近不惑之年的子女[1]，让他们去判断父母间的恩恩怨怨，是是非非，也让他们了解他们的父亲这么多年来所忍受的精神折磨和无处倾诉的苦恼。这显然是休斯晚年最关心的事，也是他最后想还的未了心愿。诗集的封面似花如火的抽象画由他的女儿弗莉达所作。他生前决未料到他的这本诗集，在他去世两个月之后，名列畅销书排行榜第五名（见《时代》杂志1998年12月21日畅销书单）。到1999年4月为止，《生日信》销售已达十万册，为一般诗集发行量的十倍。

讲到底，休斯何尝情愿把这种清官难断的家务事推向英美学术界和文学界，成为一批教授、学者或诗人的热门课题。有一个普拉斯的传记作者，名叫贝尔·利特尔约翰，自称是诗人，在普拉斯生前与她素未谋面，但就是仅凭两三本研究普拉斯的专著而驰名国内外，不但获得教授头衔，而且成了普拉斯研究领域里的权威[2]。这名权威人士虽然一直吃休斯的闭门羹，但仍乐此不疲。像利特尔约翰那样靠研究普拉斯成名成家者在英美多得是，难怪休斯在《言论自由》里痛斥那些"名作者"和"出版家们、博士们和教授们"，说他们喜笑颜开，只有他和普拉斯笑不起来。看来这将是一个永远无法穷尽的课题，因为当事人普拉斯

---

[1] 休斯的女儿弗莉达时年三十七岁，儿子尼古拉斯三十六岁。
[2] 利特尔约翰的第一本成名作是1964年出版的《贝尔和西尔维娅：文学友谊》(Bel and Sylvia: A Literary Friendship)，随后出版了《走近普拉斯花园：本来的西尔维娅》(Up The Garden Plath: The Essential Sylvia)、《西尔维娅和特德：在关闭的门后面》(Sylvia and Ted: Behind Closed Doors)。

早已去世，无法对证，即使她还活着，她对现在为她引起的争论恐怕也说不清道不明。利特尔约翰认为自己1964年出版的普拉斯传记被学术界和文学界公认为深入普拉斯心灵之作，其深入的程度，过去和今后的作者，甚至包括普拉斯本人，都不可能达到。这本传记是不是好到空前绝后的地步，目前无法定论，但旁观者清、当局者迷的想法在这件事上也不无道理。《生日信》的发表当然也不可能彻底澄清长达三十五年有争议的事实。

不过，笔者作为另一种文化语境里的好事者，觉得英美学术界和文学界对休斯没完没了的苛责似有欠公允。休斯与普拉斯初恋时两人都年轻，而且结合纯属偶然，毫无成熟的感情基础，只凭青年人的冲动相爱，难怪休斯回想起来，自叹这是命里注定的不幸[1]。就在他俩第一次同居的第二天，普拉斯就去巴黎找她的旧情人里查德·萨松。她那时只不过把她所谓热爱的休斯当作她爱情的临时替代品。这在她的日记里有记载[2]。休斯常有情人相伴，因此受到谴责，但普拉斯在婚后也有她不得体的行为。普拉斯传记作者安妮·史蒂文森在《苦涩的名声：西尔维娅·普拉斯的一生》（1989年）一书里透露，有一位名叫里查德·墨菲的诗人说，有一次朋友们聚会，普拉斯当着休斯与另一位朋友汤姆·金塞拉的面，在桌下偷偷地用她的腿摩擦墨菲的腿，挑逗他，但他不想也没有破坏休斯的婚姻。在西方婚外恋多的是，当然不能因此而指责普拉斯。但有一点很重要，普拉斯对墨菲说过，她不可能想

---

[1] 参见《生日信》中的《富布莱特奖学金学生》《访问》《〈圣巴托尔夫评论〉》等篇。
[2] 参见《生日信》中的《拉格比街十八号》。

象休斯或她会与其他人结婚，谁也破坏不了她与休斯的婚姻，她感到无论从哪方面说，他们的结合都是完美的。足见休斯是深爱着她的。诚然，普拉斯热情奔放，聪明而可爱，然而她喜怒无常的脾气比阴晴不定的天气更难令人捉摸。例如，有一次在轮到休斯照料小孩时他迟到了二十分钟，普拉斯居然怒砸他家祖传的红木桌子①。1982年，休斯在为普拉斯日记写的前言中说："虽然六年中我每天和她在一起，每次离开她很少超过两三个钟头，但我从不知道她对任何人显露过她真正的自我。"伊恩·汉密尔顿由此断定说："《生日信》中这些未注明写作日期的诗篇原来也许是休斯读（普拉斯）日记时的札记。也许他首次意识到他的亡妻有杜撰一系列'假自我'的能力：作为成绩A的自我，作为恋人的自我，作为职业作家的自我，作为妻子的自我，等等。当休斯看出了这一点时，女权主义传记（作者）却盲目地不愿承认普拉斯根深蒂固的神经性不稳定，而这种神经性不稳定早在她与休斯建立夫妻关系以前就存在了。"根据把普拉斯母亲奥里莉亚1975年对普拉斯生平的叙述改编成剧本《家信》的导演杰克·拉姆齐的看法，普拉斯的精神疾患是她上大学时精神崩溃被电疗的结果。拉姆齐还认为："她曾经努力成为妻子、母亲和作家。她视丈夫为她的偶像。"普拉斯在初恋休斯时曾给她的母亲写信，说休斯就是她理想中的情人。由此可见，普拉斯与休斯彼此间有爱有怨，有时爱恨交加，这本是世间的常事，可是为什么偏偏要归咎于休斯一人？就这桩不幸的婚姻而言，普拉斯自杀是她的不幸，休斯为此终生含冤也是他的不幸，而当《生日信》艺术地再现他俩的不幸时，它便成了二十世纪英国悲剧诗的经典。

---

① 参见《生日信》中的《半人半牛怪》。

逝者如斯，而今"休斯与普拉斯的故事已成了文化神话之一，通过这神话，我们主要的困境集中起来了。通过这类偶像人物，我们讨论世界的性质和我们在这个世界上的处境"[①]。

[①] Siam Griffiths, *Poetic Licence Denial*, *The Times Higher Education Supplement*, (Feb.12, 1999): 19.

目　录

001　富布莱特奖学金学生
003　女像柱（1）
005　女像柱（2）
008　访问
012　萨姆
014　痛处
016　《圣巴托尔夫评论》
020　射击
022　胜利品
024　拉格比街十八号
032　机器
034　愿上帝保佑狗不在后面吠叫的狼
037　忠实
040　命运作弄
043　猫头鹰
045　粉红色毛线衣
048　你的巴黎
052　你恨西班牙
054　月下散步
058　作画

060	发高烧
063	艾尔迪斯里街五十五号
066	乔叟
068	灵乩板
073	陶制头像
076	呼啸山庄
080	金花鼠
082	星象
084	比目鱼
087	蓝色法兰绒衣
089	儿童公园
091	杨柳街九号
096	文学生涯
099	恐惧鸟
103	严酷
105	崎岖地区
111	钓鱼桥
114	第五十九头熊
122	大峡谷
126	卡尔斯巴德洞穴
129	黑大衣
132	肖像画
135	斯塔宾华芙酒吧
139	缓解
142	伊希斯
145	顿悟

148 吉卜赛女人
151 梦
153 半人半牛怪
155 奶锅
157 错误
160 房客
164 水仙花
168 胞衣
171 塞蒂包神
174 一盘短影片
175 碎呢布片地毯
179 写字台
182 恐惧
184 梦中的生活
186 最佳的光线
188 野兔捕捉器
192 殉夫自焚
196 蜂神
200 像基督那样
202 海滩
206 做梦者
209 神话
212 乌鸦
214 图腾
217 抢劫我自己
221 血统和天真

224	代价昂贵的话
227	题词
230	夜骑爱丽尔马
233	结局
235	巴西利亚
237	铜塑像
239	会讲话的玩偶
241	死后的生命
244	手
246	潜望镜
248	这位上帝
254	言论自由
256	一张奥托的照片
258	手指
260	一条条狗正吃着你们的母亲
262	红色
265	特德·休斯给译者的信
268	谁来写休斯传记？
274	后记
279	新后记

富布莱特奖学金学生

在哪里?在斯特兰德大街①?
配有照片的新闻报道透露的。
说不上什么原因,我注意到了它。
一张将那年富布莱特奖学金学生摄入其中的照片。
刚刚到达——或者已经到达。
或者是部分新生。你在照片里吗?
我看了这张照片,
不太仔细,暗忖会不会碰上
其中的哪几个。我记得
当时的想法。记不得你的面孔。
毫无疑问,我仔细看了照片上的
这些姑娘。也许注意到了你。
也许我打量了你,感觉不太可能。
注意到了你的长发,松散的波浪形——
维罗妮卡·莱克式刘海②。

---

① 伦敦的主要街道。从查林十字地铁站向东延伸,基本上与泰晤士河平行。——奥尔温
② 维罗妮卡·莱克:二十世纪四十年代好莱坞电影明星。她在前额一侧留的刘海较长,长过下巴,以至披肩。普拉斯发型与莱克的发型相似。休斯初见普拉斯时,只注意到她的刘海式样,没注意到被刘海遮住的伤疤。伤疤是她二十一岁企图自杀时留下的。——奥尔温

没注意到被刘海挡住的部分。
想必是金丝发。还注意到你露齿的笑容,
你那对着照相机、法官、陌生人、恐吓者
露出的夸张的美国式笑容。
过后我就忘了。然而,我却记得
那张富布莱特奖学金学生的留影。
他们提着行李?似乎不太可能。
他们是一道来的?我行走在
烈日下,滚烫的路面上,脚很痛。
那时我买了一个桃子?这我倒记得。
从查林十字地铁站附近水果摊上买的。
这是我生平第一次尝到的鲜桃。
难以置信的鲜甜。
二十五岁时的我惊讶于自己
对最简单的事物的无知。

女像柱[①]（1）

那些女像柱顶载着什么？
这是我看到的你的第一首诗。
唯独你写的这一首诗
我用陌生人的眼光看了不觉得喜爱。
诗显得单薄而脆弱，感情冷淡，
像是捕捉野兽的陷阱[②]蓝图。
我看出来了，它是没装弹簧的空捕捉器。
我不感兴趣。缺乏启迪人的
征象。那时候，我硬是要从
每个征象中找到符合自己心意的
神示的确证。因此，我在那些女子
眼光凝滞而表情刻板的
白脸上，什么也看不出来。
我感受了它们的脆弱，是的：
像煅烧过的铝那般脆弱，
像煤气灯白炽罩那样易碎。

[①] 希腊建筑的一种式样，把柱子雕刻成女子形象。——译者
[②] 此处的"陷阱"不是通常被掩蔽的坑，而是树枝掩蔽下的支撑的石板，休斯在他的《陷阱》（载于费伯出版社1995年出版的《新郎难》）一文里对此有描述。——奥尔温

然而，还是没弄清
那庞大的、无星的、磐石似的
天堂从半空中
落下，
　　却被她们的头发顶住，
仿佛霎时间留影在快照里。

女像柱（2）

自信地愚蠢，穿着仍在成长的游戏衣中，
仍然斜倚在有垫子的轿子里，
大自然悠闲地托起的
幼儿护理。向着她的充实，
我们不经意严肃的人生，
我们三个、四个、五个、六个人——
玩友谊的游戏。有充足的时间
考验每个角色——在开怀大笑方面，
在这个试验上：把我们的时间花在
愚蠢者冲动的玩字谜游戏似的
种种任性的活动中，
如同囚犯，我们真正的生活
连同真正的世界和自我
不得不推迟了。因此，我们
学生间嬉戏时，心满意足，而后
晕乎乎地筋疲力尽，再满足，再耗尽，
万般厌倦，千种空虚，
消耗于一瓶瓶棕色、黄色的啤酒，
一次次订计划，一次次放弃——
既有神圣感，又有无信仰的轻浮，

奇思怪想的戏剧化。
那就是我们的教育。世界脚穿
旅游者的试探之鞋,在星期天
斯文地穿越潮湿的院落①。
条条道路都向前延伸,延伸至
罗盘仪的刻度所及之处。
此处,在这网的中心,在这十字路口,
你发表了关于女像柱的
诗篇。我们听说了
你飘拂的浓密的金发,你闪光的姿态,
你不合适的自我表露。
这是一种在学问高、社交性低的
忽冷忽热的氛围中
建立起来的接触,接近你
多于责怪你,激起你的热情
多于用我们过时的原则纠正你,
我们笑着策划了
一场攻击,一次解体。我们用自己的
大开本印刷品发表抨击你诗歌的文章,
我们的威尔士诗人②写的——
许久之后,在你最后一次

---

① 指世界各地的旅游者到剑桥大学各学院参观,穿过各潮湿的大院。英国常下雨,故院子潮湿。——译者
② 此人名叫丹尼尔·胡斯。他写了批评普拉斯诗歌的文章,后来在普拉斯死后写了一首诗［此诗收在他的诗集《诺斯》(Noth)里］,想象她在寒冷的天气里攀上威尔士的卡德侬德里斯山山顶。——奥尔温

爬上卡德依德里斯山的风雪里时,
他依然对这风夹雪的挽歌充耳不闻,
而这挽歌将充塞他的嘴巴与耳朵。

访 问

卢卡斯①,我的朋友,
三四个永久朋友中的一个,
像一个分开的自我,
一块河床上永不变动的石头,
成了你的朋友。
我听说了,我警觉地
坐在斯劳附近的办公室里
让青春流逝,
早晚往返于斯劳与霍尔本之间,
积蓄工资,为了有足够的资金跃向自由
和地球的另一边———次自由的下落,
在螺旋桨引起的滑流里
蜕掉我的蝶蛹。周末,
我返回母校。我的女友②
同你的美国竞争者和你
在同一个导师指导下,每周一起听课。

---

① 休斯的朋友,休斯在这本诗集里多次提到他。他的全名是卢卡斯·迈尔。——译者
② 指雪莉·埃德蒙兹,在《〈圣巴托尔夫评论〉》一诗里有较详细的描述。——译者

她嫌恶你。她不断提供
对你快照式的印象,她不知道
进入我沉默的永不知足的未来
是怎样令人激动的胶卷,是我捉迷藏时
内心搜寻的火炬。半夜之后,
我同我的朋友一道,站在花园里
对着黑暗的窗户掷泥块①。

他醉了,断定那是你的窗户。
我半醉,不知道他猜错了。
我也不知道自己在你的戏剧里
正被当作男主角表演,
初次的表演动作很容易,
好像是闭起双眼,寻找当角色的感觉。
好像是试演吊在绳子上的木偶戏,
或像被电棒触了的死青蛙的腿。
我运用了快步舞的动作,只被
星夜和一个黑色人影观摩、评判。
这一切你不知道,也不知道你。
目的是想找到你,但结果是错失再错失。
用泥块对着不能保护你的玻璃窗扔去,
因为你不在那里。

---

① 普拉斯在日记里提到有人告诉她说,休斯和他的朋友卢卡斯在一天夜里对着她的窗户掷泥块,于是她在日记里写道:"一阵巨大的喜悦跑遍我的全身;他们记得我的名字……"——奥尔温

你去世十年之后，
在你的日记里，我破天荒地看见
你听说那晚用泥块砸窗的事时
所感到的惊喜。对你随后的祈求①
我感到震惊。在那些祈求之下
是你的惊恐：祈祷不可能创造奇迹。
惊恐之下，接着滚滚而来的噩梦压垮你：
你的选择——难以置信的
从前的绝望和新生的痛苦
化为一座熟悉的地狱。

突然我读到所有这一切——
你实际的话语，它们通过
你的喉咙和舌头漂浮而出，
流到你日记的页面上——
数年前，你的女儿走进来，
注视着我的脸，显示
一副神秘的模样，那时
我正独自在静静的屋子里工作，
她突然问："爸，妈在哪里？"
如同我用手指扒花园里的冻土。
那天午夜，围绕我四周的是，

---

① 指普拉斯在她的日记中说的"我爱你"，接着是她通常的焦虑和绝望。——奥尔温

硕大无比的霜钟①。寒霜深处,
我不想感受什么时,却产生了
一阵狂热的激动。在那冻土的
某个地方,我们的未来试图发生。
我抬眼望去,仿佛遇到你的声音,
它带着焦急的未来进入了
我的内心。而后,我回看
印着你话语的这本书。
你已离世十年。这仅是一个故事。
你的故事。我的故事。

---

① 这里暗合英国著名诗人柯勒律治(1772—1834)的名篇《夜半寒霜》(*Frost at Midnight*, 1798)。柯氏在这首诗里描写他半夜独坐回忆过去时思潮澎湃的情状。——杰夫

又,当休斯读着普拉斯的日记,感到震惊时,往昔的情景浮现在眼前,时近隆冬午夜,田野笼罩在寒霜之中,好像是一只围绕着他的巨钟。此时休斯的感觉处于回忆多半已忘怀的旧事。——奥尔温

萨 姆[1]

对你来说，他很像你，
你的那匹马，安静的白牡马，萨姆，
觉得跑够了，开始奔驰回家。
我可以经历你的不轻信，你的确信，
这就是你的不轻信你的确信啊。
你丢了马镫。他沿着
巴顿路的白线飞驰而去。
你丢了缰绳，你丢了马鞍——
抓住他的颈背，抚慰他，
否则你就要坠落马下。
你，一个上下颠簸的骑手，
吊住马的脖子，在你
与柏油路面之间无物可抓，
它似乎成了一条湍急的河流，
然而，在你的身下，
是他的前腿螺旋般的恐怖
和铁蹄的铿锵声。

---

[1] 普拉斯的马的名字。她在自己的一首诗《我所记得的白色》里也提到她这次坠落马下的经历。——译者

侥幸已在那里。你戴头盔了吗？
你如何紧贴在马上？幼猴
尚且用手和腿挡住叮当作响的钢刀。
什么救了你的命？也许是你的诗篇
救了自己，紧抓那猛颠的颈脖，在急转弯时，
像悬躺在吊床上似的躺在你的身子里。

你视线模糊。一个骑自行车的人的防震面罩
掉落了，他把自行车拽到身上保护自己。
我可以感觉到你被弹起和摇晃的痛苦，
紧紧抓住的是失控。
你如何坚持住？按理你是坚持不住的，
是你内里的某种力量，不是你尽力而为，
使你坚持住了，也许是无意识。
直至他踱入马厩。那种奔驰
是练习，但不够，而且用处不大。

当我跳过栅栏时，你扼住了我，
蓦地从马身上摔下，你
扑在我的脚下想摔倒我，
我摔倒之后就死了。顷刻间结束了。

痛　处[①]

你的太阳穴是你的痛处,
那儿盖满了头发。一次查看
你的病情时,我掉落的指甲锉碰上了
十二伏电池的电极,立时
像手榴弹似的爆炸了。有人
把你捆绑起来。有人推医疗器杆。
他们把炸雷扔进你的脑袋。
穿着白褂,带着漠然的神色,
他们又围拢来看看
被皮带捆绑的你感觉如何,
你的牙齿是否依然齐全。
搁在标有刻度的医疗器杆上的手
还是毫无感觉
感觉不到为了测试知觉
测试杆向前的推动。
恐怖笼罩着
等待电击的你。

[①] 这首诗描写对普拉斯第一次自杀未遂后的精神崩溃所进行的电疗。普拉斯在她的《钟罩》里对此有描述。——奥尔温

我看到一根栎木枝突然砰地断裂。
你你的爸爸的腿。有多少次
这个恶煞揪住你的发根
使你痛苦万分？噼啪声
转变成烟雾。汽化向上的
是什么？电棒的电流向铜丝的地方
神经便脱开了皮肤，
仿若一个被烧灼的小孩
从炸弹闪光处向外奔逃。
他们给你扔下
一截稍弯的铜丝
穿过波士顿市电网。
当你的声音通过
有透气孔的地下室时，
议会大厦的灯光为之一暗。
几年之后浮现，
充分暴露，像X光照射的
脑电图仍有黑斑
那是你在病院里留下的
焦土般的疤。
而你的言语，经过光的反照，
依然可能看到它们
保持着自己的内脏。

《圣巴托尔夫评论》[1]

　　我们的杂志仅是
　　夜晚和聚会的序幕。我已经
　　预示了惨重的代价：根据
　　普洛斯彼罗的著作[2]，具有
　　行星的确定性。木星和满月
　　联合起来反对金星。根据那本书，
　　有着惨重的代价，特别是对我而言。
　　合相燃烧了我本命的太阳。
　　金星恰恰在我的子午线上旋转。
　　等待观望的星占学家？那又怎样？
　　碰蝙蝠的翅膀容易祛除妖气。我们的

---

[1]　根据英国著名历史学家佩里·安德森的考证，原标题"St Botolph'S"系《圣巴托尔夫评论》的简称，是1956年剑桥的新杂志。1956年2月在该杂志举行的酒会上，普拉斯和休斯一见面便坠入爱河。普拉斯在日记里描写了她与休斯做爱时的感觉和他给她留下的雄伟形象。——译者
又，休斯、卢卡斯及其朋友在剑桥圣巴托尔夫教堂找了教区长的老房子里的一个房间作为杂志编辑部的活动室。他们为此称他们的杂志为《圣巴托尔夫评论》。休斯和其他的人常来此讨论诗歌。休斯曾参与该杂志的出版，但只参与出版了一期。——杰夫
[2]　普洛斯彼罗是莎剧《暴风雨》中被篡了位的米兰大公爵，他和女儿米兰达同被流放到一个荒岛，后用魔法取胜并复位。他的著作是具有古老智慧的书，其中包括星相学。——奥尔温

乔叟本应当和他的但丁待在家里。

他更准确地探出行星的位置，

本来会对此进行更深入的思索。

其余的呢？我让给

严肃的星占学家们去操心

那个合相，联合我的太阳，

与你的司命星火星相联合。

乔叟本会指向太阳在双鱼宫时的

那一天，完全对准我的海王星，

联合你的运星，并且定在

决定我好坏名声的黄道第十宫。

我想，我们的乔叟本会叹息。

他本会悲伤地摇着头使我们确信

太阳系与我们密切结合的那天会到来，

不管我们知道还是不知道。

　　　　　猎鹰小广场[①]：

我的女友[②]像一张待射的弩。

乔·莱德的爵士乐激起喧闹的声浪。

大厅成了泰坦尼克号倾斜的甲板：

[①] 剑桥的一个小广场，《圣巴托尔夫评论》杂志编辑部在此举行的聚会上，休斯初遇普拉斯。普拉斯在见到休斯之前，显然读过休斯发表在该杂志上的诗。——杰夫

又，当年该杂志社是在这小广场的一幢楼房里举行过聚会。它现已被夷为平地，重建起了现代化楼房。——奥尔温

[②] 她名叫雪莉·埃德蒙兹，是剑桥大学纽纳姆学院英文系二年级学生，与休斯有亲密关系的时间为1955年至1956年春。她在看到休斯与普拉斯接吻之后断绝了与休斯的关系。普拉斯当时也在该学院读书。——译者

一部无声电影，外带爵士乐的喧闹声。
突然，卢卡斯操纵这艘巨轮——
突然，你出现了。
第一眼。首先拍的一张快照
难以改变，依然凝固在相机的闪光里。
比你任何时候都高大。
摇曳得如此纤细，
你那修长、完美的美式腿
径直向这里走来。那张开的手，
芭蕾舞演员和美猴式优美灵活的手指。
而那脸庞——一团喜气。
我在那里见到的你，比在今后岁月里
你的身影更清楚，更真实，
仿佛我见你这模样只有这一次，
以后再也不会有了。
松散的长发罩在你的脸上，
盖住你的伤疤。而你的脸庞
是一团欢乐。
非洲人的嘴唇，浓浓的笑意，
浓浓的口红。你眯起的双眼
像一堆宝石，闪亮得难以置信，
亮得像一串晶莹的泪珠，也许是
欢乐的泪珠，带一点儿欢乐。
你想用你的快活
让我倾倒。我记不清
那晚其余的情景。

我同我的女友溜了。什么也没发生，
除了她①在门口爆发出一腔怒火
和我对从自己口袋里拿出来的你的蓝头巾
目瞪口呆的疑问，以及
一圈肿胀的你的齿印
它印在我脸上达一个月之久。
还有这个永远受牙印影响的我。②

---

① 指休斯的女友雪莉·埃德蒙兹。她曾告诉她的女友希拉·哈里森，在复活节假期，她见到休斯的脸被来参加晚会的一个女孩咬了一口。雪莉后来去了加拿大，在贝尔电话公司工作。——译者
② 普拉斯与休斯热吻的情景，在她的日记里有一段记载："我踮着脚，他踩踏着地板，然后他拼命地在我嘴上亲吻，把我的发带扯下……他吻我的颈子时，我狠狠地长时间地咬住他的面颊。当我们走出房间时，血在他的脸上淌。"根据奥尔温的说法，普拉斯留有披在脸一侧的长发，有时为了不使它披散，她便用头巾当束发带，把长发束起来。
休斯在1956年2月《圣巴托尔夫评论》举办的一次酒会上初见普拉斯之后，便撇开他的女友雪莉，同普拉斯退到后面的一个房间，扯下普拉斯的头巾，疯狂地吻她，她在他脸上咬了一口，作为回报。普拉斯在日记里说是红色头巾，可是休斯在诗里却说是蓝色头巾。——译者

射 击

你的崇拜需要一个神。
缺神处,找一个神。
普通的小伙子变成神——
神化源自你的迷恋
那似乎是与生俱来为神设计的。
神的寻求者,神的发现者。
当你爹爹的死神拉动枪的扳机时,
他一直把你瞄准着神。
　　　　　　在这一刹那
你看清了你整个的生命。你用
高速的子弹射向
你那段处处得A的生涯,
这子弹不能发出
一英尺磅①的动能。
被枪杀者
多少死于这巨大的冲击力——
他们太容易死,经不起这一击。
他们是精神材料,暂时的,
推测的,纯粹是光环。

---

① 功的单位,0.7381英尺磅=1牛·米。——译者

声障事件一直跟随你的飞行路线。
但在你哭湿了的纸巾
和周六夜晚的恐惧里,
在这样那样打扮你发型的情况下,
在子弹似乎反弹
和一串渐弱的哭声后面,
不偏不倚地选中了的就是你。
你是镀金,实质是银,
外加一点儿镍。弹道完美无缺,
如同穿入太空。甚至你面颊上的伤疤
也可当作弹痕,好像
子弹是从侧边擦过,
使你看起来真像受了枪伤。
　　　　　　　　直至你真正的靶子
藏在我身后。你的爹爹,
身上枪还冒着烟的恶煞似的神。长期以来
烟雾般含糊,我甚至不知道
我被射中,或者不知道
你通过我而变得清白——
终于把你自己埋在这恶煞似的神的心里。

就我的立场而言,这巫医
或许是徒手亲自抓住飞行中的你,
用了左手也用右手揉你,冷却你。
不信神,快乐,安静。
　　　　　　我照管
你的一缕头发,你的戒指,你的表,你的睡衣。

胜利品

豹？它已经拽住你
仿佛是用它的嘴叼着你，拖遍欧洲。
好像在它的腿之间被拖曳着，
你张开嘴大喊，或者已不再呼喊，
只是让自己被拽着。它真正的猎物
已经蹦跳着逃走了。因此它在受挫中
变得鲁莽，用牙咬你的气管，
发出扼住时的种种声音。
那些声音转成罗夏测验①时的墨迹
沾染了你日记的页面。
你努力想大声讲的话语
已成点点血斑，被你
绝望、恐惧和愤怒的肾上腺素所加深。
四十年之后，
那只野兽喷着鼻息
离开了血滴已干的日记，
拱起我手背上的汗毛，
使我感到毛骨悚然。

---

① 心理测试。——译者

通过你琥珀色的宝石，突然，
那野兽的眼紧紧地盯住我，
当我疏懒地握住你时，
它张牙咬住我的面孔。那大虫
对这曾经能力丧失、而今减弱的猎物
紧追不放是一种化学过程——一种
判断活动的化学燃烧。

所以它纵身越过了你。它的野性脚印
留在你的日记上。显然，血
是你自己流出的。我带着笑
扛起它全部的分量。我不知道
根据适者生存的原则，食肉动物的袭击
使猎物处于醉醺醺的欣快状态。
当它把我叼走时，我依然微笑着，
小心翼翼地在它的牙齿之间取出发带，
从它的耳朵里取出戒指，
把它们当作我的胜利品。

拉格比街十八号[1]

终于我在拉格比街十八号
脏兮兮一副呆相的维多利亚式的
陈年老屋里等待你。
我想起那屋时,便把它与舞台联系起来——
四层楼对着观众席。
在这整个四层楼上,里里外外,
爱情的搏斗演了一幕幕一场场
一种蛇梯棋似的游戏,
四肢、爱情和生命纠缠又分开。
谁都不老。一座不神秘的性爱实验室。
永久的表演——演员们的名字换了,
但角色永远不变。他们告诉我说:

---

[1] 休斯与普拉斯结婚前休斯的住处,靠近格雷旅馆。这是休斯和普拉斯在那次晚会接吻以后第一次会面的地方。这座房子是休斯的朋友丹尼尔·胡斯的父亲的房子,三层带一地下室(诗里指的四层)。丹尼尔的父亲占用二楼,作为偶尔来伦敦时落脚之处,平时由丹尼尔和他的朋友居住。休斯这时在伦敦工作,也住在这里。普拉斯的朋友卢卡斯在那天晚上把普拉斯带来见休斯(卢卡斯知道休斯想见普拉斯)。这首诗描写了休斯与普拉斯的那次见面。楼房顶层在不同时间由不同的人租住,通常这些人是丹尼尔和休斯的朋友。住在一楼的姑娘让她的男朋友使用地下室(如同诗中所描写),地下室有一个卫生间,上面三层楼的住户们合用。这条街在伦敦的布卢姆斯伯里区,是二十世纪初伦敦的文化艺术中心。——奥尔温

"你应当写一本关于这栋房子的书。
这屋着魔了!谁一旦进去,
永决不会好好地出来!
谁进去了,谁就入了迷宫——
像碰巧到了一座克诺索斯城①!
如今你就在迷宫里。"
这惊奇的传说,我听了惊愕不已。

我独自生活在那里。独坐在
书桌、餐桌兼用的木匠旧条凳旁,
等待你和卢卡斯的到来。
不管我当时想的是什么,反正不是
那个住在一层套间里的比利时姑娘,
她蘑菇般丰满,发黑如鞋油:
一位旧汽车商的笼中鸟、婚外情人。
他在地下室堆满排汽消声器、
分拣了的汽车零件、小型的拆车工具,
把它们一直堆到人行道下面
没有灯光的讨人厌的厕所边。
那姑娘除扮演爱情剧角色外,
与这屋里的一切毫无关系。
那个使她孤零零的屋牢看守

---

① 古希腊克里特岛上的一座城市。克诺索斯是弥诺斯王宫官址,故名。弥诺斯王之孙把牛头人身怪物禁闭在克里特的迷宫里,这个怪物每年要吃雅典送去的童男童女各七个。——译者

是一个魔鬼，一个脾气暴躁的
疯狂的黑种阿尔赛夏①人，他
在门上锁了链条，堵住进出口。
他看住她，因为这位旧汽车商毕竟还好，
有七年时间没让她用煤气灶自杀。
她与我无关。苏珊②也与我无关，
她依然得陷在迷宫里，
将会遇上那里的弥诺陶洛斯③，
会不让我打电话给你，
在那些夜晚你会最需要我。今晚，
没有什么能使我想到会有什么人需要我。
在苏珊可能夜复一夜地
在楼上踱步（你和我戴着新婚大戒指，
在单人床上温暖着我们的新婚之夜），
独自哭泣，死于白血病之前，
十年必然变得阴沉难耐，
他们中的三个人都已跟随你去到阴间。

卢卡斯陪你而来。在你避居巴黎之前
你要在伦敦暂住一宿。那是
四月十三日，你父亲的生日。一个星期五。
我猜想你急切地出游令人愉快的美国式的

---

① 从前负债人和嫌犯避难的伦敦的一个地区。——译者
② 全名苏珊·莫尔，是这群人中的一个年轻朋友，也是学生，后来死于白血病。——奥尔温
③ 吃人的牛头人身怪物。——译者

欧洲某些地方。在你去世后的数年里，
我得知：你在离开伦敦后的那些日子里
拼命寻找那种快乐，泪洒巴黎石子路。
我推迟了你一夜的惊恐、狂热，
你极度的畏惧是——
你忧伤的脑袋里的蟾蜍石[1]。
你追求的梦想，你祈求的再生，
你再也不会得到，永远不会。
你的日记告诉我你的苦恼。
我猜想你如何拜谒你的每一个圣祠，
在狂热的信仰里，你相信总会在那里
撞见他[2]，凭洞察力，凭巧遇——
通常这是小孩对真正激情玩的游戏。
这不是使你失望的最后一次。
与此同时还有我，在你身边数个小时——
你只要花若干便士的车资就可来见我，很保险。
为我唤醒你产生的傻念，
我甘愿牺牲自己，
同时贿赂命运之神，让你回到人世间。

---

[1] 从前有人认为形成于蟾蜍头里或体内的石块或石状物，佩在身上能起护身符或解毒的作用。——译者

[2] 休斯在这里指普拉斯到巴黎去找她的情人理查德·萨松，但这位情人厌倦于与她的关系，没有露面。因此普拉斯这次去巴黎扑了个空，十分苦恼，这在她的日记里有流露。休斯感到自己只是普拉斯的临时代替品。——杰夫

又，普拉斯死后，休斯在她的日记里发现，她在这里与休斯宿了一夜之后，第二天去巴黎找她的情人理查德·萨松，未果。"每一个圣祠"指普拉斯以前曾与萨松相会的地方。——奥尔温

你在召唤我吗？我不知道
我如何变为不可或缺的人，
也不知道命运之神
对我不经意的自助做什么样的急诊手术。
我能听见你登楼梯的声音
是那么有生气，那么近，
你喃喃自语，气喘吁吁，为的是让人听见。
那是你为了迷惑我而使用的武器：
在你全副武装伏在我身上之前，
你要我听你的喘气声。记不起
随后的情形。你是如何进来的？
而后又发生了什么？例如，
卢卡斯是怎么隐退的？
我们还坐过吗？你，一只大鸟，
披着你激动的羽衣，向上扑动，
亢奋至极。蓝色的高电压——
发荧光的钴，耀眼的光环[①]，
后来我才知道是你独有的光环。
你的双眼特别明亮，也很奇特，
两个棕色的小瞳仁，半张半闭，
普鲁士式，但流露着淘气的少女的神色，
由于兴高采烈而闪闪发光。
你的双眼是祖上传下的吗？

---

① 有人说能看到人身上的光环，通常是粉红色或绿色或蓝色的光环围绕着一个人。我曾亲眼看到这种光环。——奥尔温

如同你传给你儿子的那种眼睛?
对我而言,你的双眼是新奇的来源。
此刻,我终于端详着你。你的圆脸,
你的朋友客观地称它为"坚韧",
而你,他们较残酷地称之为"乏味":
一个能顺应各种极端情况的精巧装置,
一个根据自己的降神会、自己的以太
随时变化的神秘面具。
我意识到你神秘的双唇
像土著人的那么厚,我
有生以来从未见过。
还有你的鼻子,宽宽的像阿帕切人①,
几乎是拳击手的鼻子,它像天蝎
正面对着闪米特人的鹰,以至于
使每只照相机成了你的敌人②,
从艾迪拉③的游牧民族而来的鼻子,
你虚荣心的狱卒,
你色欲梦公司里的叛徒:
一张可能通过纳瓦霍族④篝火的烟雾
抬头对着我看的典型面孔。
你小小的鬓角,挤满发根,

---

① 美国西南部的印第安人。——译者
② 普拉斯不喜欢自己的鼻子,因此害怕照相。——奥尔温
③ 侵犯欧洲的匈奴人的国王,死于453年。——译者
④ 北美洲印第安人的一支。——译者

被那富有魅力的时髦刘海①
占了显要的位置。
你小巧的下巴,你的双鱼宫下巴。
它从不是一张原型的脸,从没保持一样。
它像海面——流动的水位
随天气和潮流的变化而变化,
随日月的运转而改变。
直到那最后的早晨,它成了
一张脸,小孩的脸——它的伤疤
像是制造者②的一个瑕疵。
此刻你却大声朗诵
关于黑豹的一首长诗,而我
拥抱你,吻你,试图阻止你
在房间里走来走去。尽管如此,
你还是不肯留下来。

我们向南走过伦敦,
到弗特尔巷你住的旅馆。
炸弹炸的废墟入口处的对面
已建了一座高楼,为了安全
我们轻率地紧紧抓住对方,
一起走进圆筒,翻滚在

---

① 参见第一首诗的注释。——译者
② 原诗是大写的 Maker,一般作上帝解,但奥尔温坚持认为是一般的制造者。——译者

类似尼亚加拉瀑布的急流中。
跌落在你灵魂的咆哮里，
你的伤疤告诉我——
像它秘密的名字或口令——
你曾经企图如何自杀的。
我边听边一刻不停地吻你，仿佛
一颗暗淡的星，在转动的、喧嚣的
城市上空，低声说：保持清醒。

一颗胆小鬼的星。我记不得
我如何私运我自己和如何紧抱着你
走进旅馆。我们入港了。
你的身子苗条、柔软，平滑如鱼。
你是一个新世界。我的新世界。
所以这就是美国，我感到惊奇。
美丽的，美丽的美国！

机　器

黑暗困扰着你，恐惧缠身。
"一架庞大的黑暗机器"，
"正碾着的冷淡的环境磨石"。
远眺橘红的夕阳之后，
你把这些句子写进你的日记。
当我没来时，
这些句子却朝你而来。
当你劝我上楼时，
此恐惧却已到达。
当我快要坐下时，也许是
和卢卡斯一起，更多想到的是
让我自己的狗坐（其实我没有这条狗），
而不是让我坐。一条真狗可能对
令人毛骨悚然的事视而不见
当你父母的古怪面具隐现，
半是采石场的死寂，半是精神病院，[①]
整个儿是骇人的毁灭力量，
身体里面塞满了你未写的诗篇，

---

① 参见普拉斯的长诗《生日诗》(Poem for a Birthday)。——奥尔温

悄悄地穿越纹丝不动的柳林，
无形中来到地面，朝我而来，
透过锚号小酒店①墙壁，
把我的吉尼斯黑啤酒一饮而尽，
接着邪恶地张口吹气，把我
吹进冥界腹地，我将在那里找到我的家，
我的孩子。我终生一直想登的台阶
如今是石砌的，
朝向如今是红色的门，
像原来模样的你会开这门，
依然有交谈的时间。

---

① 坐落在剑桥。——奥尔温

愿上帝保佑狗不在后面吠叫的狼①

那儿,你遇到了神秘的仇恨。
在千万年后的无名物质里
你被发现,立刻引起憎恨。
你凭你的才能,尽了最大的努力
去接触那些人——
如同你像学步的儿童开始讲话,
你总是急步去迎接每一个来客,
抱住他们的大腿大声说:
"我爱你!我爱你!"
恰似你曾在引起愤怒的家庭里②,
为你所憎恨的父亲跳舞——
这是你天生的才能:甜化他缓慢的死亡,
并把你自己和进里面,
而他直挺挺地躺在床上,你有本领
甜化他为之恼火的死亡之苦涩。

---

① 狗不在后面吠叫的狼肯定是无用的狼,但愿上帝保佑这只狼——这是休斯讲反话,休斯以此安慰普拉斯,言外之意是,普拉斯引起人反感憎恨,正好证明她能干。——译者
② 普拉斯的父亲在年轻时对死亡感到愤怒,他的死亡又引起普拉斯内心的愤怒,休斯因此称这家庭为愤怒之家。——奥尔温

你寻觅着与死亡相伴的自己，
仿佛是在他去世的黄昏之后
你在黑暗的屋子里跳舞，
那时你才八岁，穿着漂亮的衣服。

当你跳舞时，你是在黑暗里寻觅自己，
挣扎了一会儿，轻声哭泣着，
好像是一个人在寻找快淹死在
黑暗水中的人，
向四处倾听着——为正失去听见的
响动声而陷于恐慌——
接着在寂静里更疯狂地跳舞。

许多人抬起了头。似乎是你
妨碍了某个完美的艺术品，
他们正小心翼翼地捧着它，整个，
直到黏胶干掉。仿佛
在向警察报告某个大案，
他们让你知道你不是约翰·多恩[①]。
你再也不介意了。你照顾他们的面子？
但他们日复一日地让你知道，
他们鄙视你所企求的一切，
尽力把他们的发怒液
注入你早晨喝的咖啡里，

---

① 约翰·多恩（1572—1631），英国重要的玄学派诗人。——译者

好像是为了你的健康。甚至
在他们顺势疗法的信上签字,
一只只塞满精心打破的碎玻璃的信封
投放在你的眼后,以便你看到

谁也不要你跳舞,
谁也不要你奇异的饰物——你那挣扎着的
正淹没在水中的生命和挽救你自己的努力,
踩着水,在黑暗的骚动中跳舞,
寻找一些可送人的东西——
　　　　　　　　　不管你找到了什么
他们把它炸成碎片,
嘲笑,毁谤——那神秘的仇恨。

忠　实

这是某处生活的地方。我
正转悠着，追求着你，
在我二十五岁晨间感情的
浪尖上浮游。经过时髦的
重新装修，亚历山德拉屋
变成了施粥所。那是在先锋咖啡吧
出现之前的年代。不列颠餐馆
喧闹的就食处——大战留下来的
公用事业之一，依然是
用早餐弥补夜晚的去处。
但亚历山德拉屋是常被光顾的地方。
为亚历山德拉施粥所帮忙的
姑娘们住在楼上，跟随一大帮
终生过放荡生活的人，
夜晚工作白天睡觉的人。
不管怎样，我在顶楼
铺一张床垫，可以远眺厨师街。
一张光光的床垫在光光的床板上，
在空空的房间里。我所拥有的一切
是我的笔记本和那张床垫。

在栗树吐芽放叶的六月，
我辞了工作，
挥霍我所有的积蓄，
苦苦地追求的是你。离开大学以后
我在它的自由选择里悬望。每天夜里，
我睡在那张床垫上，盖一条睡毯，
同一个可爱的姑娘生活，她刚离开
她的丈夫，在施粥所的前台工作。什么样的
侠义精神影响着我在那里？我把它
看作是一段不可能消逝的时间，
一段我从来没用过，所以仍然拥有的时间。
她和我睡在彼此的手臂里，
整整一个月的夜晚，
像情人那般赤裸，融洽，
然而绝没有做过一次爱。圣规
为我而发明。但她像女祭司一样
也奉行它，温柔，和蔼，在
我身旁一丝不挂。她找出了
你在我背上新抓破的指痕，似乎加入
我摆脱不了的情感纠葛，我的专注，
保持我的入神不受外界影响。
她从没有一次主动过，从没有引诱。
我从没有动一根手指，从没超过
姐妹般的安抚。我像是她的姐妹。
这看起来决无不自然之处。我专注于你，
因此紧紧偎依在你上面，如此地销魂，

除你之外，其余都迟钝。
如今我苦苦思索其原因，仍然疑惑，
是我羡慕自己，还是可怜自己。
她的朋友有较大的房间，也狂热得多。
我们搬进去和她住在一起。那高大的房间
成了集体寝室和总部，是对
圣巴托尔夫教堂的替代。她的朋友
丰满而漂亮，毫不害羞地笑着，
露出有豁缝的牙，竭力
引我走进她的玉门。
你决不会知道我是作了
什么样的自我斗争，保持我的词意
与我们正创造的世界一样确实无误。
如果我失去那种自我斗争，
我怕某些东西会抛弃我们。
当那些二十出头的姑娘对我微笑时，
我抱起每一个裸体，把她们放在
我们不可靠的未来的门槛之下，
因为那些需要新家做保护的人
习惯于在新的门槛下面埋葬
无辜的婴儿。

命运作弄

因为消息不知怎么碰上了妖怪,
因为你的期待多次受过挫折,
因为你的伦敦有好多的人好多的地点
万花筒似的令人眼花缭乱,
你就错等了地方。从北边来的汽车
进了站,下完了客,我不在车上。
不管你怎样坚持,也许带泪哀求司机
让我出来,或者请他回忆是否见到我。
只是没赶上趟。我不在车上。
那是晚上八点,我消失在英国的
某个地方。你抑制了
你充满信心的灵感,
没有冲进行人里,
绕着维多利亚车站打圈圈,
只想在我正行走的地方碰上我。
这时我并没有行走在任何地方。
我泰然自若地坐在火车上,在车座里
晃动着驶向国王十字车站。
有个比你冷静的人出了一个主意。所以
我下车时想在月台尽头的某个地方

见你。我看见那种焦急的神情，
见一个人影拨开人流，
接着露出了你炽热的面孔，
你炽热的双眼，发出惊喜的叫喊，
你挥舞手臂，泪水滚滚，
仿佛我是在你对着你的众神祈祷之下，
从绝无可能生还的死境里回来了。
此时此地的我方知什么是奇迹。
而你身后快活的出租车司机
像一个小神似的笑着，
他看到一个如此美国化的美国姑娘，
看到你坐在车上狂乱的神情——
哭泣着，催促他，恳求他能使
你如愿以偿——由于他的帮助
你完全成功了。嗯，这是一个奇迹，
我乘的火车没有提前到达，
甚至更早地到达，
它进站迟了，正好是你
冲到月台上的那一刻。
这很自然，又不可思议，
是一个你想什么就得到什么的兆头。
因此你无比的绝望、惊慌穿越伦敦时的急躁
和你此刻的狂喜，泼洒到我身上，
如同放大四十九倍的爱，
如同第一声雷后的暴雨，
吞没八月里的干旱，这时

整个干裂的土地似乎在震动,
每片叶子都在颤抖,
万物流着泪举起手臂。

猫头鹰

我又一次通过你的眼睛看到我的世界，
如同我将会通过你的孩子的眼睛再看到它一样。
通过你的眼睛看，是一个陌生的世界。
普通的矮山楂树显得特别的陌生，
一个特别神秘的传说和拼盘。
在你腿上、眼里的任何狂热
都在惊叹的临界点出现，
好似它在餐桌中间出现于
参加宴会的客人眼前。普通的
野鸭成了非尘世的艺术品，
河流卷开的幻觉胶卷里，
有它们求爱的镜头。很难理解
它们在冰冻的水里的脚
有什么舒服。你是照相机，
记录着你难以揣摩的映象。
我把我的世界统统展现在你的眼前。
你带着难以置信的欢乐接受了它，
如同一个母亲接住
接生婆递给她的新生儿。
你疯狂似的激动使我头昏眼花。

它唤醒了我十五年前
笨拙的欣快的少年时代。那个黑夜
我的杰作展现在格兰特切斯特①马路上。
在矮树林旁,我曲起手指塞在湿嘴里,
学兔子从喉咙发出细细的鸣咽声,
那儿一只猫头鹰正在探视。
它突然飞起,朝我的脸上
拍打翅膀,以为我是一根柱子。

---

① 剑桥附近的一个美丽的村庄,那里有一座大的花园茶馆。——奥尔温

粉红色毛线衣①

你穿着粉红色毛线衣
在任何东西玷污任何东西之前
你站在祭坛上。布鲁姆日②。

下雨——刚买来的一把伞
是我身边唯一的装饰品,
比用过三年的伞新多了。
我的领带——黄褐与老式皇家空军黑色
相间的独特颜色——是用旧了的领带象征。
我的灯芯绒夹克衫——经过三次染黑,
褪色了,到了旧得不能再旧的地步。

我是一个战后公用事业公司的女婿!
不太像是青蛙王子,倒像是猪倌

---

① 休斯在诗中讲到他结婚时衣着寒酸,确实如此。他这时已在伦敦工作,但赚钱有限,从不讲究衣着,把有限的钱花在买书、旅行上。普拉斯这时虽是学生,但不穷。她母亲为她从美国带来一件粉红色毛线衣。——奥尔温
② 指6月16日,典故出自詹姆斯·乔伊斯的《尤利西斯》,整部小说记录了主人公——广告经纪人布鲁姆1904年6月16日一天的活动。后来每年的这一天被乔伊斯迷们称为布鲁姆日而加以庆祝。休斯与普拉斯结婚的日子碰巧定在6月16日。——杰夫

从这位女儿在塔楼灯光搜索之下的
未来那儿偷来了她名门的梦想。

没有任何典礼能使我脱掉
我的制服。我穿了我的全套服装——
除了那件朴素的老古董衣服。
我的婚礼像大自然一样需要隐藏。
不过,如果我们要结婚,
最好在西敏寺举行。为什么不?
教长告诉我为什么不能。
从他那儿,我知道了我属于教区教堂。
烟囱清扫工的圣乔治教堂。
所以我们终于勉强结婚了。
你的母亲,甚至在这美国外交冒险中
显得很勇敢,扮演所有的女傧相和来客,
甚至——慷慨地——代表我的家人,
他们对此却一无所知。
我只邀请了他们的祖先。
甚至对一个最亲密的朋友我都没有吐露
是我偷了你。我们正式要求
教堂司事作为男傧相,为我们暂时拿戒指。
他大发雷霆,把孩子们塞进巴士,
在滂沱大雨里把他们送往动物园!
当我们结婚时,
所有被关的动物得保持耐心。
      你变了。

温柔,新鲜,赤裸,
一株水淋淋的丁香。
你颤动着,高兴得哭泣起来,
你大海般深奥,
因上帝而闪闪发光。
你说你见天堂的大门已开,
露出财富,快要向我们落下。
我在你身旁飘飘欲醉,
受到奇怪的紧张情绪感染:
被迷住心窍的未来。

在那令人生畏的周日圣坛上
我见你身穿粉红色毛线衣,
竭力抑制你火热的激情。
在你的瞳孔里,一颗颗
大粒宝石闪烁着亮光,
活像许多大粒宝石放在骰子杯里,
对着我举起来摇动。

你的巴黎

你的巴黎,我想,是美国式的。
我想要迁就你。
当你在一连串惊叹声中
步出双大陆旅馆,
在海明威、菲茨杰拉德、亨利·米勒、
格特鲁德·斯坦因的栗树荫下,
穿过一条条街、一个个印象派画作时,
我保持了我的巴黎与你分开。我的巴黎
单单不是德国式的。这是被占领
和昔日噩梦的首都。我不安地
细看塞纳河石岸上的累累弹痕,
凝视河岸下面
剥蚀斑斑、洒满阳光的路面。
在那种时刻,我似乎总是仔细地
反复预演我大部分的生活经历。
当你称呼我阿里斯蒂德·布吕昂[①],

[①] 阿里斯蒂德·布吕昂(1851—1925),巴黎夜总会的著名歌手。法国画家图卢兹-劳特累克(1864—1901)的以布吕昂为题材的一幅名画常挂在法国餐馆里。——奥尔温

并且要画屋檐时,你的狂喜
从贴满招贴画的墙上跳飞了——
我默默地打量咖啡馆椅子时,
却听到了与主调相反的低音,
纳粹精锐部队的士兵曾在这里
有过非人道的表演,所以
近来咖啡依然橡树果般苦涩,
招待员的眼里充满了
背叛、报复和仇视的神色。
我没有太被屋顶周围的景色迷住。
我的巴黎是一位战后公共设施的幸存者,
衣橱里依然散发着恐惧的味儿,
通敌分子很少超过二十岁,
其他所有的脸隐藏着曾被关进集中营
或当过抗德游击队员的神情。
我是一个鬼魂观察者。我的视角
被重新挖开的凡尔登万人冢里
冒出甲烷似的气体所罩住。
对你来说,那一切只不过是对
毕加索给阿波利奈尔画的肖像画上
加了供人谈资的有美学意义的一笔,
为将来的子弹预先打上记号。在
你目及的不论什么地方,你纯洁的
调色板,你类似的呼叫,
都接近了它的色彩和肌质。你那
富有个人特征的语言总像一根

保护你免于自燃的保险丝
保护了你和你的巴黎。
对我内心的狗而言,
它是点燃了的柴油。它烧焦了
所有的嗅觉和感官。它封住了
地下通道,你的藏身处,
那间房子,你仍在那里等待
你的虐待者。
记住他的娱乐活动。
那些墙壁,贴着刺目的招贴画,
是你自己的剥皮后的皮肤——
伸展在你的石头神身上。
走在我旁边的是被剥了皮的人,
一个走在伤口上的人,呼出
发烧的气息,对着痛苦皱眉蹙额。
你接吻的双唇把痉挛转变成
你所借口说的热情洋溢——我把它解码为
一种语言,对我来说是全新的,
包含爱猜测、绝对错误的意思——
在所有的隐蔽处,你没有对我
暗示这是怎么回事,我的手指
勾在你的手指上,你期待
面对面的呈露,抓牢你整个身体。
你的巴黎,是膳宿公寓里的一张书桌,
桌上放着等他的一封封没有拆开的信。
是一座迷宫,在那里你冲撞着,洒着眼泪。

是一个梦,你在梦中醒不来,
找不到出口,半人半牛怪
对这折磨作了最后的一击。
在探寻的路上,你要把你的痛苦拽多远?
而这对我来说,是平坦的路面,虽然
上面留有古怪的历史的流弹痕迹。
我内心的狗乐于保护你
使你免受你的激动和淡漠时刻的侵扰,
它像一只导盲犬,忠诚于你,纠正你走错的路,
它打着哈欠和瞌睡,望着你
用你的镇静剂——你的画作(如在画上加一笔)、
屋顶、安全岛的护柱、酒瓶和我
镇静你自己。

你恨西班牙

西班牙使你受惊。在西班牙
我却无拘无束。血红的日光,
一张张油光光鳗鱼似的脸,对待一切
有着非洲黑人的情调,这些使你惊吓。
不管怎样,你所受的教育忽视了西班牙。
铁格栅、死亡和阿拉伯鼓。
你不懂西班牙语,你的灵魂里没有
这些字母符号,这耀眼的阳光
使你的血液停流。博斯①
伸出细长的手,你胆怯地
握住,你这穿短袜的美国人。
你直向戈雅②悲哀而庄严的笑容看去,
认出来之后,畏缩了,
如同你的一首首诗缩入寒气里,
如同你朝天真的美国走去时
惊恐又攫住了你。我们作为旅游者
坐着看斗牛表演,观望困惑的公牛

---

① 希洛尼穆斯·博斯(1450—1516),荷兰画家。——译者
② 何塞·德·戈雅(1746—1828),西班牙画家。——译者

笨拙地被宰杀,注视脸色灰白的斗牛士
(他正好在我们下方的栅栏边)弄直
他的弯剑,他由于害怕而呕吐。
隐在落马斗牛士绿蝇肚里的牛角
刺穿了等待着你的一切。
这就是你的梦想之邦西班牙:这具土红色尸体
大气不敢出,这个令人皱眉的砍杀术
使你见了
没有哪门文学课美化。
这就是你非洲厚嘴唇后面着了魔的国度。
西班牙是你试图认识而又不能认识的
地方。我见你踱步在阿利坎特[1]月下
空无一人的码头,像一个等待过渡的亡魂[2],
一个对眼下的一切不理解的新魂[3],
认为这依然是你在快乐世界上的
蜜月,快乐地带着你全身心的等待,
带着你所有将要写出来的诗篇。

---

[1] 西班牙东南部的海滨城市。——译者
[2] 等待过渡的亡魂暗指希腊神话中的亡魂在渡口等待渡冥河,卡戎神把一个个亡魂渡过冥河,然后让他们到阴间去。普拉斯像一个新的亡魂,不知阴间那边黑暗的情况,却盼望渡河。——杰夫
[3] 休斯描写普拉斯等待渡河而不知她自己命运的现实。她依然显得像一个要写许多美妙诗篇的快乐之人。——奥尔温

月下散步[1]

一厚块耀眼的月亮。
在极化的月光下,
山失去了颜色。
好似一个颠倒了的白天。一切
处于反面。你的面具冷峻得像是
切割下来的铁板,像是半边贝壳——
从月亮剥落下来的贝壳。慌张的
愤怒的月怪在附近什么地方。
那老水手的"死中生"女鬼
掷下黑白骰子,夕照下的海面
立时闪起灿烂的光芒。[2]露出
阿拉伯海盗残酷的面色。
你的话语
像是猫头鹰吐出来的

---

[1] 休斯描写了一幅超现实主义的图景,影影绰绰,仿若在梦中。——杰夫
[2] 典出柯勒律治的长诗《古舟子咏》。诗中有一个情节,途中老水手在极度干渴之后,看见一条破船驶来。船上有两个女人,一个是"死亡",另一个是"死中生",二者为得到老水手的灵魂掷骰子赌输赢,"死中生"赢了,她要下了老水手,其余的船员都死了。结果老水手虽然不死,却过着死一样的生活。——杰夫

甲虫和蜘蛛的残渣。一片荧光，
蓝中带黑，斑斑驳驳。
蝙蝠的头颅。我想，
有朝一日我会理解这个木乃伊，
理解这种对蘑菇似的月亮所讲的话。
决不要唤醒梦游人，让这人
撞上橄榄树。黑色的
树影会像亚伯①那样大叫。
谁在这里？这倒是一个问题。
谁在这里？是医生，他哄着，
望着他医治的病人死去。
分享白天生命的
是其他什么东西。②
占有时的姿态，
张嘴时的模样，
在梦中会很可怕。
醒时存在一个耐心的问题。
像一个虚幻的子宫瘤。
藏有镭的满月
脱光衣服等做手术——
把她自己脱得精光
除了是月亮。何为月亮？

---

① 亚当和夏娃的次子，被其兄该隐所杀。——译者
② 指普拉斯白天里的自我之中有某些难以认识的东西在她的身体里。她此时在月亮下怒气冲冲地散步的样子，在休斯看来难以理解。——奥尔温

一块天然的矿石,没有被熔化
注入你天才的模子里。或者它把
被处女牵着走的类人猿的形状
印到X光盘上,类人猿和处女
在她的地狱里孤弱无助。
月亮凝视厨具时,
就是那样认真地对待万物。

我是我自身不可理解的
受伤大象耳朵里的
那只蚊虫。沥青坑的
管理人。在我们四周的
月黄色山头,星星安放了
它们潜在的麻醉剂,所有的
神话,所有的无法理解。
载着卡西俄珀亚①离岸了的沙丁鱼船。
每一块石头都是月亮斑痕的
罗塞达碑②。我关注这块你寻找的
用于祭献的石碑,胜于
和你的结合。我甚至难以想象
牧师会怎么样。我走在你身旁
仿佛是第一次见到你——我像一只

---

① 希腊神话里的埃塞俄比亚国王刻甫斯之妻。仙后星座以她的名字命名。——译者
② 埃及古碑,上面刻有埃及象形文、俗体文和希腊文,为译解埃及象形文字提供了依据。——译者

陌生的狗在月下的影子,

一只狗的静静的身影,

它曾亲近过你。你的眼睛投入了

这月光下的景色,对此却难以理解,

而且被吓坏。像浮出水面的

北海巨妖,你领悟

圆月和星光下的大海,

繁星闪烁的天空

和月光下黑白斑驳的海边小镇

及其把海滩分为两半的岬角。

一只大鸟

落在地中海边。

天青石色的大海闪闪发光,

是基里科[1]为你而画。

你像端一盘鞘翅和蜕皮似的把它端走了[2],

重新装配在

要写的精彩诗篇里,

像一只恶魔要戴的节日假面具,

他通过面具的洞眼,

如同通过空空的眼眶凝视,

而今仍通过它

对着我凝视。

---

[1] 基里科(1888—1978),意大利画家,超现实主义画派的先驱者。——译者
[2] 与前面的诗行"像是猫头鹰吐出来的/甲虫和蜘蛛的残渣"相呼应。——特德·休斯生前为荷兰译者做的解释

作　画

作画使你安静。你那可恶的
拨火棍似的笔像一块烙铁，
使物体成了现在这副模样，硬是
把它们定格在最后位置。当你着笔时，
我感到如释重负，心情也变得平静。
当你开始画贝尼多姆[①]市场时，
时间像是敞开了。我坐在
你的近旁，匆匆地写作。
数个小时过去了。摊贩们不断地
看你是不是把他们画得像样。
我们穿着布底鞋，高兴地
坐在那些台阶上。我们知道了
在城里走的路线，旅游的
好奇心也就消失了。我们成了
可亲近的外国人。卖香蕉的小贩
卖过香蕉以后，用香蕉主茎制作的小提琴
给我们表演了一曲独奏。

---

① 西班牙南部的一个小村庄，休斯和普拉斯蜜月期的大部分时间是在这里度过的。——译者

大家围拢来夸奖你画的画。
你坚持画着，细节也不漏掉，
直至把全景都捕捉住。这儿就是画。
你永久地挽救了我们要失去的早晨。
你耐着性子，噘着嘴唇，
把仍沉睡在中世纪的市场
搬上了画面。在它醒来，在
千万只夏季候鸟的吵闹声中
和一座座令人眼花缭乱的高耸的旅馆之间
消失之前。如同你的手
摸索在赫普顿斯托尔[①]的地下，
被无边的黑暗所吞没。如今
我的笔距离你的手二百英里[②]之遥
继续书写着，记起你的红白印花大手帕，
你的短裤，你的短袖套领衫——
我拎遍欧洲的三十件短袖套衬衫之一——
记起你支撑画本的棕色长腿，
记起我从你的凝静中啜饮的
冥思的平静。而今在这静思里，
我啜饮着你我不能
打扰或逃避的静谧。

[①] 在约克郡的一个村庄，休斯的出生地在村庄附近。普拉斯去世时，休斯的父母住在那里。普拉斯的坟墓也在那里。——奥尔温
[②] 英美制长度单位，1英里等于1.6093公里。——译者

发高烧

你发高烧。你显得烦躁不安。
你吃了被污染的海味。
你无助地躺着,由于高烧而
略显狂躁。你呼叫美国
和它的药橱。你颠簸在未开航的
西班牙大帆船式的床上,睡在
装百叶窗的西班牙式的屋子里,
屋外强烈的阳光像瞪着眼
如同向坟墓里窥视。
你低声呼喊:"救救我,救救我。"

你漫游在梦中,好似向井口
费力地爬去。你醒了,想要爬进
井里去———一条能够到凉水的捷径,
冰凉的黑暗的井,是
你免于被纷乱的灼热和外国流感湮没的
最佳去处。你呼叫着,
料定自己必死无疑。
　　　　　　我忙碌着。
我成了保姆。我幻想自己要当保姆。

我爱扮这危机中的重要角色。
我感到了一切成真。突然，母亲
以我熟悉的声音喊醒了内在的我。
仿佛她给我带来了护理的知识。
我用胡萝卜、番茄、辣椒和洋葱
做了一大锅汤，一服冒着热气的
五颜六色的万应灵药。
你得成为泄水管，成为
纯维生素C的管道，我向你保证。
这使伏尔泰免死于瘟疫。
我必须用这煨好的菜汁
浸透你，冲洗你。
　　　　　　我轻轻地用汤匙
喂进你那无助的小鸟似的嘴巴，
熟练地，耐心地，一小时接着一小时。
我擦净你泪汪汪的脸，
因苦恼和绝望而泄了气的脸。
我喂你更多的菜汁，你像吞咽
生命似的咽下去，哭泣着说：
"我快死了。"
　　　　　我将汤匙
停留了一下，凝视你的脸蛋。
你为高烧哭叫得那样的厉害，以至
到了无以复加的地步。我当时想
她的病有多重？是不是有些夸张？
我的紧张度稍微松懈下来，

耐着性子，稍带些许怀疑。
如果高烧能忍受，为何如此大叫大嚷？
我安慰说："好啦，别害怕。
这只是流感病毒，别让它真的把你带走。"

我真正想说的是："别喊狼来了。"
对这棘手的处境，别的想法，
我冷漠而熟悉的想法出现在钢索上："别喊狼来了。否则
我怎么会知道、会听见
何时真的发生意外。"
　　　　　　　在这样的时刻
很容易出现这样的想法。我有
充分的时间在想："她哭叫着，
仿佛一切可怕的最不可能的事
已经发生，而且正在发生，
整个世界已经无能为力。"
随即我的思想处于一片空白，
使北极冰下生物麻木的空白，
使不知所措的医生漠然的空白。
一种扭曲的想法，无尽的困境，
白茫茫一片，让困惑的涡虫
停滞不前，蜷缩着死去。

你背的负担过重。我没有吭声。
我没有吭声。这冷漠的男人煨的菜汁，
发高烧的女人喝了。

艾尔迪斯里街五十五号

我们初次安的家已经忘记了我们。
驱车经过那里时,我觉察到
我们的生命是何等的不足道,
在那里没有留下一点痕迹。
我们首次住进去时,我察看预兆。
这是一座寡妇腾出的屋子,有关
她家的传言是:"她的生活完了。"
她在枕头上留下了
她丈夫最后的血迹。
他们的整个故事——迷雾——
围绕着血迹而传开。
老迈散发着酸臭气,像油脂似的凝固在
刀叉上。这证实了你对英国的看法:
部分是老人院,部分是陈尸所,
因为某些东西一部分正死亡,
一部分已经死亡。厨房里碗架上
油腻的搁板、黏而黑的墙
惹你厌恶得拼命去擦洗。
我察看血迹。是不是跌倒以后
嘴上流的血?耳朵上的血?

或者跌跤后头部伤口流的血?
在我们的任何东西修复之前,
我接管了这充满了陈年悲伤,
以及一个已故丈夫酸腐气息的地下室。
我独自拥有了第一个家,独自
睡在里面,只是努力不吸进
附着在床上的鬼魂的气息。
他的死亡和她的居丧
是我们乔迁宴会上仅有的客人。
我们挥霍了十英镑,购置了
一张深蓝色的豪华长沙发。
厨房急救箱里的废弃的脏玩意儿
与我们旅行中的船坞和下水仪式差不多。
这是世上的一大幻景,
看起来不比其他的更糟。
我们已超越了障碍。
你本人就是我与你的女友之间
整个南极的海洋。你是我与对我的为人
作任何可能议论之间的
浮冰群。我已经接受了
保持你的罗盘仪正常走动的
气象现象。像极地的幽灵一样,
只有温迪和多萝西娅,
作为有远见的仙女教母,
她们的面孔被宽恕了。
我很同情你怀疑的谵妄,

穿过彩虹般的黑暗,
我步履蹒跚,追随
追随帕坦加利[①]的行迹。
我们手挽手,步履蹒跚。对我来说,
那个家是我们的第一个宿营地,
我们的第一个冬天,在那里
我快乐地凝视着蜡烛。对你而言,
它是因纽特人圆顶茅屋里的舒适。
你的钟罩式房屋里[②]
被一只昏昏欲睡的煤油炉集中加热。
但你也很快乐,用你的双手对着你的
传家宝镇纸器上的水晶球取暖。在球里
是你的缩小的新英格兰圣诞节,
在暴风雪下的是一位妈妈和一位爸爸,
还有我们的未来。

---

① 帕坦加利(Patanjali),传说是一位神秘又充满力量的人。——译者
② 原文是 Bell Jar,玻璃钟罩。这里显然指普拉斯的小说《钟罩》,诗的上一行中的"因纽特人圆顶茅屋"也像钟罩。休斯在这里玩弄字眼,形容普拉斯的孤独心境。——译者

乔叟

"当四月带着他的缓解
三月干旱的阵雨穿向了根部时……"
你摆动在篱笆旁的梯蹬上,
举起双臂,为了身体平衡,
也为了引起你想象中的听众的注意,
你对田野里的牛群高声朗诵乔叟的诗。
春天的天空已经布云播雨,
荆棘丛、山楂和黑刺李一片新绿,
这是你从纯精神中未料到夺取的
一杯香槟酒。你的声音
越过田野,飘向格兰特切斯特。
你的朗诵声必定消失了。但牛群
望着,走了过来:它们欣赏乔叟的诗。
你不停地朗诵着。此处就是激发你
朗诵乔叟作品的理由。你接下来
朗诵的巴思之妻是一切文学中
你最喜爱的人物。你欣喜若狂。
牛也着了迷。它们争先恐后地
向前拥挤,打着圈子,凝视
你的面孔,偶尔发出感叹声,

再次表示它们惊讶的注意，转动
耳朵捕捉你的每一个转变的语调，
由于敬畏你而和你保持六英尺①的距离。
你难以相信。你难以停止朗诵。
如果你停止朗诵，会发生什么情况？
它们会惧于寂静而攻击你？或者
要听你继续朗诵下去？因此，你必须
继续下去。你于是朗诵着，
二十头牛心醉神迷地同你在一起。
你是如何停止的？我记不得了。
我想象它们踉跄地走开，转动着
眼珠，仿佛从饲料堆被赶走。
我想象是我把它们嘘走的。
然而，你朗诵乔叟作品的
抑扬顿挫声常在。接下来
引起我的注意太多太多，
必须回过去忘掉。

---

① 英美制长度单位，1英尺等于0.3048米。——译者

灵乩板

灵乩板常出坏消息。
我们写出字母表，在你的咖啡桌上
排列一个个字母。桌子的一头
写着"是"，另一头写着"不"。
然后把我们的中指
伸进倒置的玻璃杯底。轻佻举止
逐渐变为严肃的担忧。我们
恭敬地召来了一个灵魂。这如同
在炎热夏日的阴处钓鳗鲡那样容易。
玻璃杯一嗅出那些字母
便立刻深思地转动起来。最后
选择了"是"。灵魂就在那儿，
等待通报姓名。她报出了姓名，
显得绝望，抑郁，悲凉。
她作了恐怖、沮丧的答复。每一个回答
是"腐败"或"可怜虫"或干脆是"死尸"。
她留下一种特别的内疚——一种被玷污了的
危难之情，一种需假以时日净化的
我们所受的污染之感。某个
神秘的扒手割破了这灵魂的绸衣，

正用手指触摸我们。我们
对此很容易解释：某个遭摒弃的
梦中逃避现实者找到了通向玻璃杯的路，
这里神力到达了最高点。
　　　　　　我们
更容易获得了声名狼藉的洞察力，
以为我们激发了万物的波长，
使灵乩板感应于上帝的频率，
预言的频率。寻找要找的灵魂
就是一个具体的例子。
我们再次倾身于
字母的旁边，向灵乩板槽
祈求。这次我们用坚定的语气
提出要求。玻璃杯开始起动，
表明可以运作。突然间，
玻璃杯沙沙地抖动起来，
在我们的手指下猛扭，
快要到达"是"字，仿佛
我们在水面上钓起一条鱼。
这个灵魂答应讲真话。为了证实
他所讲的话，他主动填写
那个星期的足球彩票，让我们
在后面五分钟发财。他抽了
十三次彩奖。"不多。"
"足够了。"他答道。他说得对——
但把他精确挑选的十三张彩票

都押在足球赛上,在关键时刻,
都因那天领先的一场比赛出了岔子。
"太急了?""是的。"
他表示歉意,发誓改正过来。
然后五天里处于默默的期待中。
最后悄悄地追踪,对准目标——
他又抽到全数,准确地讲,
十八张彩票。如果他的聚点
不分散的话,就押对了,
可惜分成方向不同的两组——
两张在前,三张在后,败在
我为他的错误撒下的安全网里。
当我目睹他周复一周地
陷入随意性,平衡着
希望与幻想、人性与焦虑时,我暗忖:
"赌博热开始让他激动得颤抖,
他对其中的一些足球队的兴趣太高。
他想要赢家和输家,他正失去
接近真理的坚实基础。这儿
有可吸取的教训。"他爱谈论诗歌,
而且写诗。他写道:
　　　　　"注定要无名的他
将有无数的女儿
关心他的形象
用泪水冲洗山坡
浇灌干枯的平原。"

"这是一首好诗?"
我问他。他答道:"那是一首伟大的诗。"
他最喜爱的诗人是莎士比亚,
最喜爱的诗是《李尔王》。
《李尔王》中他最喜爱的诗行是哪行?
"永不,永不,永不,永不,永不。"
但他记不起下面的诗行。
我们记得,他却记不得。
当我们紧逼他时,他兜着圈子,
困惑地说:"为何我要这样
茫然不知所措?如果
我的手臂像我的记忆那样背叛我,
我就要像砍烂树枝似的砍掉它。"
他是从哪儿发现它的?
抑或是他所捏造的?
这是一个古怪的笑话。
他喜爱讲笑话。通常很严肃。
有一次我们去那里,
我问:"我们会成名吗?"
你突然举起你的手,似乎
有什么东西从下面抓你的手。
你泪如泉涌,面孔扭曲,
声音沙哑,如同雷电交加:
"你想炫耀?那是你所求的?
你为什么想成名?君不见
名声会毁掉一切。"我听了

感到震惊。我原以为
我参与了你远大抱负的联想
是为了使你和你母亲高兴,
实现你母亲的抱负:我们
都壮志凌云。否则我不如
在西澳大利亚岩岸边垂钓。
情况出现得如此突然。你哭了,
不愿继续摆弄灵乩板。
我找不出任何理由
来解释你的震惊与哭泣。也许是
在我们的玻璃杯动弹之前,
你听到了我听不到的低声细语:
"名声会来临。专门为你而来。
名声无法回避。名声来临时,
你将为它付出你的幸福、
丈夫和生命的代价。"

陶制头像

谁为你塑的陶制头像?
某个美国学生朋友。
和真人的头一样大,半噘起的嘴唇,
露出坚硬刀具的粗糙痕迹——一种旨在
逼真而未达到目的的自然主义企图的流露。
你不喜欢它,我也不喜欢。
由于反常的习俗而一直对此心神不安。
什么支配着我们,把它放在
你提桶似的红色背包①里随身携带?
弥漫着十一月沼泽的潮湿雾气,
卡姆河展露幽暗的漩涡,漂在
水上的黄色柳叶打着圈圈。
截了梢的无叶柳枝,
像是令人不快的公鹿角②。
刚刚经过的地方,
田野开阔,道路向右
离开卡姆河,朝

---

① 一只硬邦邦的皮包,形似提桶。——特德·休斯生前为荷兰译者做的解释
② 一般公鹿的角有六个叉,营养愈好,长的叉愈多。但有一种公鹿的角无叉,两只长角像是稍弯的两把刀片,截了梢的柳枝常令人想起公鹿的两只无叉的角。——特德·休斯生前为荷兰译者做的解释

格兰特切斯特迤逦而去。
一株受上帝垂怜的柳树
斜向水面。高过头顶的
树干上愈合的树臼,一个
缀满细枝的树杈,如同
猫头鹰的拱廊,成了
供你头像的神龛。我把它
摆正,安牢。一株柳树
是一根有赫尔墨斯头像的石柱,
同你的陶制头像一道,通过
那些雕凿的瞳孔望着东方。
我们把它留下与世长存。

在写陶制头像的诗中你的遍寻同义词词库,
遮掩头像的反光面,
你撇开它被遗弃的命运,
把你自己写得很有安全感。
但它不会离开你。几周之后,
我们似乎没能碰上那株柳树。
我们并未仔细地看,只是经过那里。
如果它不见了,你已经不怕
什么魔力会对它好奇。你对此
从未多说。
　　　　结果呢?
也许什么也未发生。也许
陶制头像依然在那儿,代表你
望着太阳升起的地方,在它冰冷的

田园景色里感到快乐，微微噘起
嘴唇，仿佛我的触摸刚刚离开它。
或者小孩子们发现了它，把它砸碎？
或者那株柳树最后倒下了？

卡姆河定然接受了陶制头像。那河
定然是它的小教堂。留住了它。
你那永恒的头像，烧制于火炉，
最终肯定面对面地
和卡姆河底的圣父接吻，
超越了辨认和营救，
我们所有的恐惧，
在玷污了凄凉的水流下，
被冲洗离开了它，而且很彻底。
它只在夏季短暂地被
细长的方头浅平底船影子掠过，
驶向他们的蜂蜜茶
和那停走的教堂时钟。[①]
      邪恶。
那是你所说的头像。邪恶。

[①] 剑桥大学的学生最浪漫的一件事是在卡姆河用篙撑着方头浅平底船，到距剑桥一二英里的格兰特切斯特村（碰巧《坎特伯雷故事集》中有一个故事提及此村）游玩。如果碰到好天气，游人在古老的教区花园草坪上可以喝到加蜂蜜的茶。如今房子不复存在，已属于政客兼小说家杰弗里·阿切尔。剑桥大学的青年诗人鲁珀特·布鲁克（1887—1915）在1912年写了一首有关格兰特切斯特的诗，最后的两行是："啊，教堂时钟是否仍在两点五十分停留？/加进茶里的蜂蜜是不是还有？"此诗流露了他的怀旧之情。我最后的几行诗取意于此。——特德·休斯生前为德国译者做的解释

呼啸山庄

沃尔特当导游。他母亲的亲戚
继承了勃朗特的一些汤碟。
他为此感到难过。作家
总是一些可怜的人,既要藏,
又要露。但你横渡大西洋的欢欣
感染了他。他像他冒泡的陈年老酒
那般兴高采烈。诉说着佳酿的种种传说
和有关那些可怜姑娘的流言蜚语。
然后是斯坦伯里留下的踪迹:牧师的
住宅,停过艾米莉尸体的睡椅,
一本本手工印刷的小开本著作,
惹人喜爱的网眼编织物,
小巧玲珑的鞋子。出乎
意料,需要向高处爬一英里
才进入艾米莉的私人伊甸园。
沼泽地耸于眼前,它为你
开放深色的花朵。那使人深感满意。
也许比艾米莉所知道的更加荒芜。
她也许不戴帽子,迈着湿脚,
在沼泽地边向朋友们跋涉过去。

天际线上出现了模糊的堡垒黑影,这
使你感到新奇和高兴。
《呼啸山庄》这本小说正变成地图,
它正缩入视线。
我们到了那儿,山庄的一切瞪视着我们。
开阔的沼泽地、伽马射线和具有分解力的
星光,以一种变黑的闷燃
重新控制了山庄。几个世纪以来
门闩式舒适最后成了被遗弃的采石场。
屋上腐朽的平板多数还在,
但正在剥落,梁和桁条正在松脱。
很难想象当年的生活曾点燃
这座潮湿、粗石砌造、狭小的庇护所。
地板上是一堆石头和羊粪。
门框和窗框当了野餐者的燃料,
或者已经消失得无影无踪。
只留下了黑色的石墙,蓝色的天空,
和沼泽地吹来的微风。
　　　　　　　　　收入,
支出——而今你如何应付
那挣扎着的生活?些微收入
源自几头病牛和零星的疯羊。
此处是陷入困境的贫民。那堵
破墙可记得花园里的一次审讯?
两株树,是为了给人陪伴而种,
为了小孩在树下玩耍而种,为了

眺望景色而种。约有九十年树龄的
悬铃木，伸出的枝干成荫已有二十多年。
　　　　　　　　你尽情地吸气，
一副羡慕而好胜的神气。难道你的抱负
不是两倍于艾米莉？望着你这样一个
周游世界、雄心勃勃的活泼伙伴，
奇异的感觉油然而生，
在那些力气白花、希望破灭
烧毁、破旧的废墟里——
刚强的信仰，铁定的需求，
牢固的束缚，均已毁损，
坍回至野外的岩石旁。
　　　　　　你栖歇在
两株树中的一株枝干上，
快照正好摄下你这时的倩影。
你做着艾米莉从没做过的事。
你拥有生命，拥有一切自由。
未来已投资于你——如同你会说起
一颗宝石，其琢面为此熠熠生辉，
折射出每一种色彩，艾米莉
曾对此瞠视她的双眼，好像是
一个快死的囚犯。而由你
舒展开的一首诗，如同你颈后的
将被剪下夹入书中的一绺散开的头发。
严峻而阴郁的艾米莉
对你活泼的扫视和巨大的希望

会有什么样的看法？你对
希望做的巨大抵押。沼泽地的风
以呆板的眼神看着你。
天上的云斜视着飘向他处。
石楠丛生的草地在高烧中烦躁不安，
对你翻着白眼。而石头
探身想触摸你的手，发觉你
真实，温暖，光洁，像
早先的那个人。也许是
一个鬼魂，想听你的话，
隐现于破旧的窗棂，
默不作声。抑或，突然燃起
双倍嫉忌的火焰，只在
理解中逐渐熄灭。

金花鼠[①]

挥舞尾巴来回走动的林中小精灵，
金花鼠，来到科德角针叶树下，根茎上，
是新大陆野生动物的第一位侦察员，
小个儿美国土著。凭着
它电流般准确的双脚移动
通过它的电路系统。它是首批真正的本地居民——
两眼雪亮地躲闪着，从静静地倾听
到静静地凝视。它像一个陌生的
囚犯，坐在书上端详着我，
目光低垂，来来回回，来来回回地
扫视我的书页，陪我度过
我无比珍贵的岁月。它对着我
甩尾巴，不容置辩地激起我
与它建立这种友谊：它常乐于
和我只分享几秒钟的时间。
　　　　　　　　　它的眼睛
乌溜溜忽闪着快乐的光芒，
它的圆眼睛映现我新的影像，警醒我

[①] 北美松鼠的一种。——译者

我对此深有认识。
你

作为橱窗里的模特儿,
美国飞机场栩栩如生的超级产品,
在我看来甚为陌生,你我却度过了
友好的几周,直至此时此刻:
你静静地、眼睛亮亮地
给我做了一个金花鼠的鬼脸,
答复了我的一些问题。我想
八岁的小孩突然会像一只金花鼠,
噘起嘴巴,鼓起面颊。刹那间,
恰在那闪耀的眼光里,我笑了,
我拍了一张生活照,并且大声说:
"那是我第一个真正的金花鼠!"——
一个朦胧的鬼魂,林中的精灵,
硬要我收养他的孤儿。

星　象

你要研究你的星象——
你的牢房院子和他们的黄道带的
看守。星球嘀嘀嘀地
发送它们巴比伦式的力感，
好像是巫医的骨头。你是对的，
你害怕骨头发出那么大的咆哮声，
害怕那么清晰地听见骨头低声细语，
即使骨头还嵌在滚烫的体内。

只有你不需要计算
你的占主导地位的破坏者
在白羊星座所占的经纬度。
根据巴比伦历书，这意味着
一切难以确定，比一张
有伤痕的面孔还难确定。
巫师能看到皮肤下
究竟有多深？

你只是得深看
一个比喻的最近的层面，

一个从你的衣橱或你的餐盘
或太阳或月亮或紫杉得来的比喻，
看你的父亲，你的母亲，或者我，
这些给你带来你整个命运的人。

比目鱼

那天是不是一个快乐的日子?
从科德角南端的查塔姆出发,
我们开始划船,我们对此
早已筹划,有人对此有乐观的把握。
我们划进海峡中部。潮水正涨。
我们抛了锚,在水上荡漾。船向北
荡去,船底下的诱饵铅块
不停地反弹船底。三个小时里
见了两三条鲂鲱。巡洋机动船的
船首两侧的浪花包围着我们,
我们欢乐地在浪中颠簸。但风向变了,
潮流转向,波高浪急,把我们向海中
拽去。我们使劲划船,划呀,划呀,
发觉不会成功。于是掉转船头,顺着风
向沙洲驶去,靠上沙滩,
不知下一步如何应付。我在那里
发现了一只完好的鲎甲,
小如蜜蜂,色如淡黄的赛璐玢[①]。

[①] 一种用于包装的玻璃纸。——译者

断了回路,美好的庞大的美国
却找到了我们。一只汽艇
和一个可靠的驾驶员。他把我们的船
系在他的船尾,和他的家人一道
顶风驶过海峡,浪花飞溅,
我们的船奔腾在尾流里,四五分钟后
他把我们送到近陆地的背风处,
但距码头还有一英里多路程。
我们沿岸奋力划船,来到
海滨别墅花园下的水渠——
葱绿的美国原产海滩草,
平滑的泥滩,招潮蟹寄居地,
我们摸索着驶向港口。
幽暗的海水下表明有丰富的鱼类。
我们放低钓钩,水深六英尺,
距海岸六七英尺,我们拉起了一条条
餐盘那样大的比目鱼,直至钓钩
断开为止。在一天风吹日晒之后,
与海浪拼搏、被汽艇援救之后,
大海突然从油滑似的水中
把它过剩的鱼堆在我们的船上。
那天盘亘于辉煌而艰苦的上午、
风险四伏海水溅身的下午、激动的
金色的黄昏,在停泊于游乐码头外
一只只梦幻般的游艇之中,作了
一次豪华的划行。

在我们的婚姻里,一次小小的
冒险有着何等重大的意义,这是
可能有的一切苦难中的一次小小的苦难,
许多人经历的一次小小的兴奋,
把我们结合为一个动物、一个灵魂的
一个小小的奖赏,一个小小的人生——

这是一次女神的造访,这美丽的女神
是诗歌的姐妹——她走来对诗歌说
她溺爱我们。诗歌也许倾听了,
我们却没有听见,诗歌没有告诉我们。
我们只按诗歌吩咐我们的去做。

蓝色法兰绒衣①

我让你的生命成长，我以为
它一切都行。你的生命
是我航行的巨轮，给你提供了
高代价的教育。在你完美的光泽里，
金融家们、各种委员会和顾问们
都变得暗淡。你和那些发动机的
新生命一同颤抖。

那第一天早晨，在史密斯学院
教第一课前，你坐在那里啜饮咖啡。
如今我才知道（当时并不知道）什么样的
眼睛在眼镜片后面，在期待中等着检验
你首次的业务表现；什么样的估价员
等着看你证明自己没有白花对你的投资；
什么样熔炉似的眼光等着证明你是钢材。
我望着你蓝色的法兰绒衣
是那样奇怪的挺括，可悲的挺括，望着

---

① 休斯描写普拉斯第一次教课前早晨的紧张、恐惧，但休斯搞不清她为何如此。——奥尔温

这丑陋的半近似你希望轻易获得财富的
念头的约束衣,望着你穿它时的恐惧。
望着你褐色带青的脸色,瘦到嘴角的脸蛋,
你的一大块疤痕,打着辫子
小得可怜的脑袋。
    你等待着,
深知自己在判决你的这生活的钳子里
无可奈何,我见到表皮下的神经,
难以治愈的脸伤,这一证明你勇气的疤痕。
当你啜饮时,我看出什么紧紧地控制着你,
是曾经杀害过你一次的恐惧。
当时我看到,现在我明白,这位孤独的
坐着的姑娘行将死亡。
    那件蓝色法兰绒衣,
一件疯人穿的行刑衣,它在你
行刑后犹在。但我那时平静地坐着,
看着你时,弄不明白
什么使你平静了下来,
一如我此刻永久地平静下来,
永久俯身瞥见你敞开的棺材。

儿童公园[1]

这些杜鹃花对你意味着什么?
那些快乐的女孩折着花枝,
抱着她们大胆的花束,她们豪华的
嫁妆,这湿漉漉富于性感的花。
抓住她们的青春年华,尽情地
玩乐。你那兜帽人杀气腾腾的凝视
正对着她们,仿佛她们正偷窃
你自己的烙印。我赶紧陪你走开。
牛蛙引你走下荷花丛里。你的怒气
需要平息。大量的水,很深很深,
冷却和调节着你钚放射元素的秘密。
你呼吸着水。

当蜻蜓伫立在结实的荷花上时,
对着色彩,你的双眸为之一亮,
显得何等的妩媚,折射着你的光彩,

---

[1] 根据普拉斯1958年6月11日的日记,傍晚,她与休斯去儿童公园散步,发现三个偷摘花的姑娘,她怒不可遏。休斯对她这种盛怒感到吃惊。他把这种盛怒与她内心对父亲的愤怒联系了起来。——奥尔温

你变得自在，从容。有羽冠的
啄木鸟一直待在梓树林之中，
像翼指龙似的紧贴枝干的阴面。
伸直的魔鬼似的头，怪异的翅膀，
带有怒气的鸣叫直冲花园。
　　　　　　　　你从没有
离开天堂一步之遥。你的精神分析家
告诉你，你顷刻接近你的地狱的核心——
长有绒毛的花的陷阱。
　　　　　　　　在洒满阳光的一角
喷泉在风吹动下抛出七色水帘。此处
是你的台阶——炼金术的七色彩虹。
我望着你独自在它上面攀登，
走入杜鹃花之口。

你想象撕下的花瓣漂在水面上
因阳光而重生——两者合一。
你大胆地面对你的父亲，那儿，
他的话在原子核里得到实现。

发生在内心里的就这样发生了。

我后退着。那愤怒的目光
甩掉你旧有的自我，如同女子的内衣裤，
留下你整个有放射性的伊甸园。

杨柳街九号

杨柳街，富有诗意的地址。
加上是九号，更加好。我们
必须得到它，也果真得到了。
一座缪斯之塔。你有生以来第一次
从学校里解放了出来，这是你的自由
飞往的鸟笼[①]——俯瞰查尔斯河
和河那边的坎布里奇市。我用棕色的纸
遮住餐桌上方的窗户，塞进耳塞，
抑制过度兴奋的神经，于是
情绪低落下来。在另一个房间，
你栖息在墙边耀眼的阳光里，
反复敲打你新的赫尔墨斯牌打字机，
仿佛是你的恐惧鸟在笃笃笃地啄蛋，
而我翻滚在被窝里，慢慢移动身体。
我俩偎依在一起。我在
黑暗的床上划着火柴，
寻看荣格点化的眼睛。

---

① 指普拉斯和休斯在波士顿租住的一个套间，在楼上，很高，像鸟笼或鸟窝。——奥尔温

我难以理解处在恐惧的忐忑不安中的
你。我张开黑色翅膀包住你,
这包住我、像摇婴儿似的轻摇我、
把我与你包在一起的黑色翅膀。
你的心脏在肋骨里跳动,你喘着气。
你抓取世界,抓取救命稻草,
抓取晨饮的咖啡——抓取任何
能飞上天的东西。[①]我的水泡
冉冉上升,破裂,在汽轮机
一阵阵的冲击声中,家庭与学院[②]
已集合于你一身,那一切
像炸雷似的震动地板,
震得你浑身颤抖。
你的一天是可怕的漩涡里
二十四级梯阶的悬空太平梯,
向上升向虚无。这是
怎样的一座空中地狱!
　　　　　波士顿的地铁
在哈佛广场与斯科雷广场之间
铿锵作响地穿越所有的圆形广场。
我俩各自也许会遇到一种生活。
我俩像搓在一起的暹罗绳索,
给对方造成独特的心灵脓疮,

---

① 暗指普拉斯困难地、挣扎地写作。——奥尔温
② 指史密斯学院。——译者

你我是把对方钉在桩子上的桩子。
我们走在街上暗自挣扎,相互确认着
伤残的梦想,盲目的梦想。
　　　　　　　　你的打字机,
你的闹钟,你的新诗句
折磨着你,一只精确记录你
精神痛苦的残酷计算机,每天
更新——每个字母都是针,
如同在卡夫卡作品里所表现的一样。
而我,像恶作剧的浓雾,
缠住你,粘着你,
用你的噩梦和恐惧重重地拽着你。
在你的眼中,我像是你玻璃钟罩里的
一个小矮人。碰巧发生的事
依然存在——化学品引起恐怖感的
某种恶心范围里,幻觉性高烧频发。
我们唯一的逃避是进入
向上或向下的手臂拥抱,
通宵相互抱成一团,
在河底的泥流里,
向东滚去。怎样的一种浪费!
我们瞎鬼式的探求到何种程度
或醒悟到何种程度?那值得吗?
　　　　　　　　快乐
出现在——刹那间,
在你的窗旁向里窥视

像一只野外的候鸟，一只黄鹂，
一只羽色鲜艳的唐纳雀，一只
地道的美国蜂鸟，被风刮散了的
少量大陆的自由——但在我们
能辨认之前
已脱离路线而消失了。

我费力地想搞清栗树下
是什么东西，它在波士顿公地的
一条小路上、在天鹅船附近挣扎。
好似一只黑色、软体、有皱纹的刺蛾
与栗树枯黄的落叶搏斗。
突然发现原来是一只蝙蝠，
一只正午从栗树上掉下来的蝙蝠。
一只生病的蝙蝠？我弯下身
想把它放在树皮的安全处。
它撑起它的双肘，怒气冲冲地
对着我咆哮。它有麻雀大小，
像一只狂野的袋狼，细小的利齿
几乎占了它的整个面孔，
我试图去抓它的肩膀，
但它像一个斗士咆哮着打圈。

一大群人围拢来，怀着浓厚的兴趣
看我在波士顿公地斗一只蝙蝠。
最后我伸出一根手指，让它咬住。

然后我把它托住,轻轻地举起来
放到栗树干上。它放开了我,
急匆匆向上退着往回爬,脸朝下,
发出后卫战的怒吼,扭歪着姿势,
得胜地向上消失在它的来处。

我回到家看着手指上的血,记起
美国蝙蝠有瘐咬病。命运之神
怎么能上演如此富有象征意义的戏剧
而没有把悲剧性的结尾和讽刺性死亡
藏进去?它证实了
我们梦游走进去的神话:死亡。
这就是我们生活着的蝙蝠"白昼"①:死亡。

---

① 即黑暗,蝙蝠在夜里活动,凭其雷达似的能力辨物。——译者

文学生涯

我们登上玛丽安·穆尔狭窄的楼梯
到她在布鲁克林的花亭似的鸟巢①,
美国大百科全书中最雅致的珍品遗迹。
她的谈话是一根不停歇的织针,
用磷光-青铜线在锁子甲上
织上花、鸟和暗礁里的鱼。
她的面孔像纺锤上
小小的美国木制筒管,
她的声音如同古时纺车
微微颤抖的嗡嗡声。
然后我们不得不掏出角币
乘地铁,
回到我们日常的混乱中去。
为什么我们不应该怀念她?

你送给她你的一些诗篇的复写本。
一切关于你的诗——
幽灵般的忧郁感,堵塞感,

---

① 指穆尔漂亮的住处。——译者

玻璃钟罩里的空调——使她倒吸一口气,
而且感到高兴。她送回你的诗稿。
(谁收了她的信便可得到她精确的回话。)
"既然这些是珍贵的复写本
(有些许污迹),我不便独占它们。"
我理解那"独占"的意思
恰像玻璃碴,啪的一声,
深深地断在我的拇指里。
你流着泪,从高高的天堂,
冲下了一两层楼。
我扶着你回来。
她,玛丽安,寡言而轻快,
如同蚂蚁那般干净利索,
滑入我的地狱的
第二或第三层。

十年后,她最后一次访问英国,
在一次聚会上接待仰慕者,
向前倾身而坐,她的面孔
在她大帽檐的花瓣之下,
艳丽如同婚礼上投洒的五彩纸屑——
她坚持用那密苏里的织针
紧紧地在我耳边来回编织着
要我知道你那近于遗作的自传性故事——

《海洋1212》①,
"真好,有文采,真好"
(这是她所要说的话)。

她腰弯得很低,我得跪下来。
我跪下来,埋头靠近她抬着的脸,
一张比任何时候都小的脸,
我像通过格栅观察,她的嘴唇,使我想起
用睡鼠皮制的孩子的皮夹子,
她的面颊,像蝙蝠翅膀上
敷了粉的起皱的丝绸。我倾听她讲话,
氛围沉重如墓地,此刻
她是在寻找她可以安放她小花圈的坟墓。

---

① 这是普拉斯的一篇优美的散文,描写她小时候同外祖母住的房子,靠近海洋。她把它投给玛丽安·穆尔,但被穆尔退了回来。——奥尔温

恐惧鸟[1]

你的恐惧鸟不是塞满填料的玩具鸟,
它飞在玻璃圆屋顶之下,瞪着双眼,
不知在张望什么。我可以感受到
这大玻璃罩——不在那里却又在那里——
一只壁虎不紧附在任何物体上,
它的生气体现在它不时鼓起的喉道上,
仿佛它站立在太空里。孤独的美女
让她的头发从高高的窗户
一直披散到地面[2]。
记得吗,我俩绕着波士顿公地,
如同犯人支使着小腿,僵硬地踱步[3]。
像是开足了发条的提洛尔人,
跳着普蒂罗林舞,在玻璃罩下。
除了那传说[4]之外,你告诉了我一切。

---

[1] 普拉斯在日记里常常用"恐惧鸟"表现她内心的苦恼。它活生生地被罩在像监牢似的玻璃圆屋顶的房屋里,飞不出来。——奥尔温
[2] 典故出自《格林童话》,说一位披发美女被巫妖关在一高塔楼里,若要接近美女,就要把她垂落下来的金色长发当作梯子爬上去。——杰夫
[3] 原指犯人在监狱院子里散步,这里比喻普拉斯的沮丧使她和休斯感到像绕着圈子走的犯人。——奥尔温
[4] 指注[2]的披发美女。——奥尔温

我一步步在瞌睡里走着,你努力
把我从睡梦中拉回现实。
　　　　你站在码头边
睁大眼睛看雷声隆隆的朝云,
接着那艘船壳结了冰的船驶进来了,
挂满水晶枝形吊灯似的冰,
像一艘刚从海洋深处驶来
船舱外面就极速冻结的婚礼船。
接着,你转身凝眸,
注视公寓房被烧毁的洞口,
在议会大厦后面,它被烧了通夜,
火焰在消防龙头下直蹿。你失声地
号叫着,屏幕变暗,拉上上演悲剧的窗帘——
见鬼去吧,窗帘。你硬是想要大火
重烧一遍,冒出一股灾难的火焰
穿过挂在烧毁的公寓大楼上
冻结的泡沫,如同冻结了的
尼亚加拉瀑布。

在焦点中闪着光点的是鲜血,
突然从一只鹰图案的纹章上冒出来,
默默的鹰便活跃了起来。
你祖国的双重图腾。
在色如碘酒的云层里,
德国鹰的血流
向上冒进你的美国鹰。
它猛抓巨大的玻璃钟罩,

用嘴猛啄玻璃罩顶,想获得自由。
眼泪无济于事。不过你可以找一把
斧子,把传家宝红木餐桌与高凳劈碎,
泪如雨注,飞溅在窗户上。

在剑桥大学的某个学院,
我们在拥挤的房里站着结了婚,
一边喝着雪利酒。我的双眼直盯着
一只接受硬币的厚实平底玻璃杯
(向喝酒的人索取捐赠),它孤零零地
放在一张平滑的餐桌上。我一直
盯着它,这时它像转动的手榴弹
砰的一声破碎了。硬币都滑出去了。
餐桌面突然撒满了玻璃碎屑。
可能是一团雪从空中砸了进来。
我仔细地观察到玻璃片
碎裂成无限细小的晶粒

像是长时间堵塞伦敦的雪块屑,
那天你的恐惧鸟获得了自由,
玻璃屋顶消失了——
伴随一阵丁零零声,我想是电话。
我知道玻璃屋顶消失了,
鸟也飞走了[①]。

---

① 指普拉斯去世了,恐惧也彻底消失了。——译者

我睁开眼睛寻看玻璃屋顶，
但是我知道它消失了。因为
无限空旷的日光
旋转着洞穿了一切。
仿佛一只壁虎
掉进虚空之中。

严　酷

我经常想起结了冰的查尔斯河。
"严酷"这个词是多年来使用的套话。
我缓慢地在那儿散步。看到
一个触目惊心的情景：无数条
死蚯蚓布满人行道旁的草坪。
现代抓住了它们，并且侵袭了它们。
援救它们的绳子太短了。
从坎布里奇市刮来带有煤屑的风，
散发一股在铁器上烧烤的气味。
我的朋友说："文学批评和农用化学品
是连体婴。"什么？你和我在一起吗，
当我在查尔斯河畔看到一个
令人吃惊的情景？一个渔夫
刚刚捉了一条金鲫鱼，期盼着
全能的上帝告诉他一个究竟。从一百英里长
河面颜色千变万化的查尔斯河黄褐色的水里
捉到的鱼，我以为是百分之百的污染。
一条金鲫鱼！九英寸[①]长，粗壮，

---

① 英美制长度单位，1英寸等于1/12英尺，约等于0.0254米。——译者

颜色很深，活蹦乱跳——显然生命还很旺盛。
是某个人从公寓的抽水马桶里冲下去的？
但又被抓住！突发的奇想！
他放掉了鱼，它游走了，消失在黑暗之中。
我们——你和我——在同一个地点望着
一排排微波细浪荡涤水边的石子。
你和我，默默地伫立在美国河岸上，
一无所思，只观察那涟漪
一圈圈波及水边岩石，
你说："好像套索。"

在我的陪伴下，你脱口而出的这唯一的比喻
从此逃离你——通过
审查员了吗？通过噩梦中吓人的手了吗？
通过勒在你喉咙上的圈套了吗？
谁缠住那么多人，每一个人，
把他们受苦恼折磨的眼睛和舌头
纠缠于你的诗里？达到什么目的？
这拖不出来的或拉不断的大蟒蛇。

崎岖地区[1]

穿越美国
我们去寻找你。雷电
把你的衣服剥光了,
在你的颧骨上留下了印记。
它来自太阳的爆炸,
到了广岛、长崎的上空,
沿着地下的山脊,通过
死囚区和罗森堡夫妇。
他们采用了它的冲击力。
你对它的推理不是太多。
你只知道它来了,抓住
你的发根,把你按倒在床上,
在蓝色火焰里伸过你的视网膜——
神经的地球图,然后
给你留下印记和空虚。
然而,你已经清楚了——
跳出你脆弱的躯壳,

---

[1] 指美国南达科他州西南部和内布拉斯加州西北部一带的崎岖地区。——译者

穿过你的颧骨上的那个洞[1]
去到地上,钻入地下,进入
美国某处的崎岖之地[2]。
　　　　　　　我们来到湖畔的
一块石头旁,潜鸟大笑似的鸣叫
响彻黎明前的湖面。多好的兆头。
我把石头翻过来。一位
不速之客[3]躺在那里,头部光滑,
眼含等待的神色,蜷缩着的
身子是黑白相间的条纹:黑条纹
白条纹,黑条纹,白条纹。我说:
"活像新谷仓上的过梁绳。"
首先我们要找一个导游。
接着跟着他去游览。
　　　　　　在北达科他州
我们遇上地底燃烧的白烟——
闷燃的柏油路在冒烟。
地狱一般。或是被雷电所点燃。
或是但丁曾去过的地狱那里冒出的烟,
用以教训我们。或是被月亮同地球的摩擦
所点燃。我在梦中看见月亮驶来,
愈来愈大,愈来愈近,直至有地球

---

[1] 指普拉斯第一次企图自杀时的伤口。——奥尔温
[2] 描写普拉斯精神崩溃后接受电疗时产生的幻觉。——奥尔温
[3] 指蛇。——译者

那么大,栽进了大西洋——
我在曼哈顿那里观望月亮。
地球接纳它时引发了一阵巨大的震动——
冲撞和穿入地表,于是月亮
包容在地球之中,把它硫黄的火焰
压缩在大草原凹凸不平的地表下面。
曼哈顿的摩天大楼在我上方摇动
如燃烧成灰的门帘①。
      我们深入了
崎岖地区。标界内令人注目的
一处景观笼罩着死亡的气氛。
这是西奥多·罗斯福国家公园。
很久以前它已在太阳下死亡。
松动的牙齿,骨头
透过硬皮和鬃毛露在眼前。或是
一处被捣毁了的工业综合建筑物,
因为它生产了永久的牺牲品,
很久以前就使峡谷遭到了破坏。
当阿兹特克人和印加人南下,
留下了太阳,他们让等待,
渴望得到崇拜和重视,
而今变得愠怒,疯狂。
太阳下山时直盯着我们的汽车。
园中景观之内的黄色密苏里河

---

① 暗指见到但丁《神曲·地狱篇》里所描绘的情景。——杰夫

向前爬行，停下来，再向前爬。

这里的寂静至少
是来生，如同
正冷却的焚化炉。当它
冷却时，每一块熔渣的黑影
逐渐变大变黑，如同
一扇小门。我们就在那儿宿营。
这是我所到过的最阴森的地方。
太迟了，不能再向前走了。我记得

在营地附近只有一株树，
我一直仰望着它——为了安慰？
它没有给。当我们
架帐篷时，你显得心神不宁。
你一直被这里糟糕的环境
搞得像要恶心似的不知所措。
你不断地站起来向四周张望。

我们太累了，很容易被野兽捕食。
我们去散步，周围的一切盯着我们。
我们停步而立，并未感到
寒气逼人，遥望西坠的夕阳——
剩下一半，剩下四分之一，
仿佛被什么吸干而最后消失了。
　　　　　　　　　　　此刻
有什么怪物露了出来，待在那里。

啊，地球上的这个美国。在目击
怪物之前，一切显得
空寂、原始而恐怖。
这里也许是有蛇的地方。

但在我们附近的矮灌木丛中
突然有响动。这是一个
小小的恐怖行动，一个狂躁的小动物
以无节制的快步猛冲，像一个
弹球机上的球，纵上跳下，
在灌木丛里来回跳动，噼啪作响。
我以为是一只受惊的鸟拍打着翅膀，
也许被一条鞋带似的小蛇缠住，飞不出
灌木丛。或者是带电的食肉动物
捕捉带电的小动物。或者是
沙漠里的两只小猛禽在那里搏斗。
原来是一只孤独的老鼠。

在那壁炉似的一片灰白景色下的
某个地方，他找到了
足以湿润他眼睛的露珠——
这些带有比食物中更多
折磨人的毒性的露珠
正保护他的眼睛。他的食物
在哪里？在这氧化物和火灰的
太阳火炉里，他在干什么？
他在他的健身房里锻炼什么？

独自燃烧完身体里的热能,
烧毁紧张的神经,导致精神崩溃——
超载了非常时刻的暴怒
或者欢乐多得抑制不住?
他躬起脆弱的脊柱,
东蹦西跳,也许当我们
从上向下朝灌木丛里凝视时,
他躲开我们带着有射线杀伤力的注意。
他消失了,在他身后留下了一会儿纷乱。

峡谷变凉了。深蓝色的天空变暗了,
仿佛是圣灵的外质渗出了地球,
一条巨蛇盘身而出。"这是恶魔,"
你说,"真正的恶魔。"
不管它是什么,整个景观仿若戴着
一个假面具。"它是什么?"
我不停地问,"它是什么?"
仿佛那样可能迫使任何东西显形,
也许站在我们的汽车旁。也许是
某个年老的印第安人。
　　　　　　　"也许它是地球,"
你说,"也许是我们自己。
这虚空正吮吸着我们体内的某些东西。
此处只有死亡,我们的生命
也许是令人害怕的。也许它是
我们体内的生命
恐吓着地球,也恐吓着我们。"

钓鱼桥

　　大湖里的水闪烁着亮光，从出口
　　几乎高高兴兴地溢入它的河流。
　　原始的拓荒者啊，当我们望着
　　船下的克氏鲑在深陷的黄石河口[①]
　　游动结集时，我们不知道
　　我们看到的是什么。
　　　　　　小心
　　别让我们的脑袋碰上假日垂钓者
　　（沿岸沿桥穿着五颜六色的人群）
　　甩钓竿时钓线上飞来的铅弹——
　　这引起我们预先的考虑。我们不清楚
　　倾身垂钓于湖口有着什么样无限的馈赠，
　　大湖从闪闪发光的距离之外，召唤
　　我们向它靠拢，而它这时聚集了
　　无数的克氏鲑鱼作为奖赏。
　　　　　　略施
　　用跳动的铅弹和蚯蚓的钓鱼小技。

---

① 指流经黄石国家公园的黄石河与大湖的交接处，可称为湖口或河口。——译者

捕捉限定的十二条疲倦的洄游鱼，
把它们逼至产卵的沙砾层，
这毫无问题。
我所记得的是耀眼的阳光
和你的喜悦，那时你穿着
三点式泳装，沿湖边，
朝长着灌木丛的荒地走去。那儿
你几乎步入美国。你反身回来，
我们就离开了。那个湖口
仅是许许多多湖口中的一个。

每一个湖口都有闪光的馈赠。
我们半闭起眼睛，或像梦游者
睁大双眼，而录音带上给人以
希望的声音引导我们进入
困难而黑暗的门口。那声音
急速地进入呼喊与失落的黑暗迷宫。
什么样的声音？"寻找你的灵魂，"
那声音说，"寻找你真正的自己。
这条路。找吧，找吧。"
那声音说从没有听说过那闪光的湖。
"寻找迷宫的中心。"为什么？
在迷宫中心打开的是什么？是
进入完美幻境的那个门道吗？
那声音专横地催促我们，使我们
精神恍惚，把我们的头摁入

迷宫的死胡同，它的反方向，
模糊的摸索，困惑的思考，
狂热的半探求、半挣扎，
不为了未来——不为任何未来——

直至声音停下为止。那是迷宫的中心？
那儿一切都已停止？什么躺在那里？
那声音紧紧地抓着我的颈背，
把我的头摁向
我们发现了的那个事物。你无生气的脸。
你无生气的苍白嘴唇。还有你的双眼
（当我翻开你的眼睑时，当你盯视
那白炽光时，它们显出明亮的棕黄色）
不转动了，死了。

第五十九头熊

我点着熊的数目——仿佛我们所要的一切
是更多的熊。黄石公园
把我们抱进它的山与针叶树的
睡袍和圆锥形帐篷。把红种印第安人
与米老鼠同等对待的美国指点着我们,
从宿营地到宿营地——我们是
许多野外宿营者中的两个。这对你我来说
都很新奇。我们看到的天堂是野熊
从孩子手中吃食物的地方。这些
是真野熊?在哈哈大笑地围着圈子
跳舞的人群中和照相机里,
我们看到爸爸们扶着他们的
小孩驮在黑熊的背上。
熊,那些用硬纸板剪的纸熊,
已参与了全美的家庭生活,
穿迪士尼乐园长袍的布伦熊[①]
警告我们要防森林大火。
在每一个停车场,一只只熊

[①] 欧洲中世纪民间故事《列那狐传奇》中的熊。——译者

作为欢迎委员会的成员等待客人，
对着汽车窗户，竖起泰迪熊的耳朵，
噘起嘴巴尖。我们数了，二十头，
三十头，四十头，五十头。有一次，
当我在露天餐馆旁开汽车门时，
一头偶然经过的熊
用肩膀把车门关上了。
处处人们逗趣熊，
熊也逗趣人。

我们漫游，很快适应了
野趣无穷的风景区。
群鹰也来凑趣。我们凭栏远眺，
俯瞰一抹黑色斑点浮游空中，
借用望远镜看去，是群鹰弋游，
我们沉浸在惊喜里。我通过
张开的鹰爪向山下俯视，
吓人的万丈深渊使我终生难忘。
此情此景，一切难以言传。
营地告示似乎书写得马虎，给人以
虚幻的感觉。从这些熟悉的名称里，
我们可以想象当年的岩浆
冒着五颜六色的气泡，
费力地叹气——
史前的事依然处于沸点，
在我们四周冒着白烟。
　　　　　　每天夜晚

熊袭击营地。它们作为电影明星，
在踩瘪下去的垃圾箱上表演。
真是高兴——
每隔几天来一批新的宿营者，
他们在理解别接近熊的警告之前，
为大胆地接近了熊而欢呼。

      不知怎么，
那天夜晚警告被理解了。你神经紧张。
那是最紧张的一天。我们驾车
离开营地太远，消耗汽油太多，
那晚待在野外的时间太晚。

如同燃料表的指针，你的情绪
像通常一样跌落到最低点。
你看见我们是在梦幻中，
在报纸头条新闻上，
看见我们被吞噬在黑夜的树林里。
路的一个转弯几乎是可怕的死路。
一头大赤鹿突然从针叶树那里跳出来，
在引擎罩上方飞速转过身，消失不见了，
如同从有征兆的某个地方
发出的一个信号。我们回到
幽暗的营火中的帐篷。
     早餐
剩下来三条冷的炸鲑鱼。
坐在星空下饮酒用餐已太晚——
"熊！"熊来啦！从营地最远的一头

传来敲平底锅的喧闹声和吼叫声——
"熊！熊！"你惊恐地躲入帐篷呼救。
我看见一头大棕熊和一头小黑熊，
像橡胶制的玩具熊那样戏耍，
在帐篷之间、餐桌之间，
像充气的玩具猛闯而来。
凶相，摇摆不定，
躲闪迅速！喊叫声。整个营地
处于心惊胆战之中，驱赶熊的
敲打声和呼喊声一片，把熊
赶到别处去打扰别人的人。我把一切
锁进汽车里。每一样都细查过，
只是漏了一件。
　　　　　我们睡了吗？
整个营地入睡了。熊被吓走，
到别处的营地去了。在我们的青纱帐内，
我们感到何等的安全！我们在隐藏中呼吸，
在睡袋里像在茧内那样安全，
信赖万籁无声的每一分钟。
啊，广袤而黑暗得令人悚惧的美国。
在我的枕头之下，我放了一把
有意磨得锋利的短柄小斧——
对付紧急情况的紧急措施。

现在什么时候了？一声太近的
撕裂声使我抬起了头，警觉起来，

我倾听着,仿佛观察到了响声的制造者。
接着传来更多可怕的破坏性撕裂声,
撕裂声一直不断,
你也醒了,在我身旁倾听着。
我起身,透过帐篷窗格看到月光。
一切都显得清晰,有着黑色的影子。
五步之外的汽车看起来很正常。
不久,汽车里不断传来撕扯声,
汽车在摇动,我看见一团黑体
堵满汽车后窗。"那些该死的熊!
有一只正进入汽车。"
    我以为
用一些惊叫声和靠近的吆喝声
熊会被赶走。我要拿起斧子,
以防万一。我拿出了斧子,
可怜兮兮的毫无想象力。我记起
那些和蔼可亲的熊。看看现在发生的样子,
你感到恐惧,这是聪明的表现,
而我却钝于反应。熊花了一个钟头
才打开汽车,打开我们的提包,
翻检,敲打。我想象着
从弹簧垫子上扯下每块布的情景。
响起拆毁的声音。当熊
猛击、压碎、咬嚼、刮擦物件、
不时地停下来思考时,我们躺着
猜想每种不同声响的含义。

我又起身,在朦胧的曙色中,
辨识出熊用爪子
使劲搬移我们的钢壳冷藏箱。
"是那只大棕熊。"我们听说
他最调皮。我们又静静地躺下,
听任他干他想干的事。
    最后
一个新的呜呜声愈来愈近,
走动的发动机发出催眠曲似的声音:
营地巡逻车作晨间巡逻。
熊听到这声音了。我们为此感到喜悦,
但像获得意外喜悦那样地陷入了
难以置信的可怕境地,我们听见
熊爪急匆匆地伸向我们的营帐
隐蔽的一边。他已经在那里了,
躲藏在我们的帐篷一边!他由于通宵纵食,
正紧贴帐篷帆布喘着粗气。
距离你的面孔只有几英寸,他瞪着大眼
盯着我,也盯着你。
   巡逻车的响声很快消失在
森林里和湖边,又重归寂静。
熊离开了,这时帐篷已透进亮光。
在一平如镜的湖面上的潜鸟抖落了他们的噩梦。
白天来临了。
    恶煞离开了我们,
他打开了我们的冷藏箱,冷藏的鱼
已消失不见,每一只橘子

被吸得扁平，薄煎饼混合料
泼在沙地上，所有的食物都没有了，
食品的包装纸散落满地，
纸盒纸箱被撕开。汽车的后窗
被猛扭，由于一只熊爪的撬挖，致使
玻璃破裂，细密的裂纹散开在玻璃面上，
硬要接近食品味的一只熊爪撕开了
一扇车窗。他擦进的身子撑在熊掌上，
拿出我们贮藏的食品。他留下了一团熊毛，
我把熊毛贴在我的莎士比亚戏剧集里。

我感到些许茫然——奇怪的自豪，
竟被那野兽特意选中，
自我也受到野兽的打量。

但你带着昨夜的惊恐，
从洗衣房回来，更加要
立即逃离。
　　　　　昨夜邻近营地有人走出帐篷，
用火把和吆喝把熊赶走。
他了解到（做了他所能允许的
简单估计）我所无法猜出的情况：
在六十、七十、八十磅[①]重的前肢上的熊爪
跑速每小时九十英里，
而熊爪对于人的肌肉而言，

---

① 英美制质量或重量单位，1磅等于0.4536千克。——译者

犹如固定在钢索上的钢锚。
你听了不禁毛骨悚然。
在洗衣房,你遇到了
从邻近营地来的受惊女人。
你得知:就是那头熊
杀害了一个人之后,蹦蹦跳跳地
穿过树林来抢劫我们。
那是我们所见到的第五十九头熊。
我十分明白那飘忽不定的危险
与奇怪的冲动相反,熊头脑里
忽隐忽现的主意,像雷电似的
击倒庞然大物,把人的生命
变成脆弱的纸。我没看出
你头脑里闪烁不定的主意,没看出
以后需要把我们没有多大价值的经历
转化为小说——或者没有看出什么样的
自我拯救,通过你的打字带,
尽可能地挤出它的每一滴血。
                在那时
我并不懂得死亡在你头脑里
怎样来回飞驰,得停落在某个地方,
再飞驰,再停落,得保持运动。
得暂时歇息在某个地方。①

---

① 从"我没看出/你头脑里闪烁不定的主意"直到全诗末尾,指普拉斯的短篇小说《第五十九头熊》(1959年)。她在这个故事里讲了同样的经历,但在故事末尾说男主人公被熊打死。休斯及其朋友读了故事的这种结尾感到吃惊。休斯最后这十几行诗是针对普拉斯故事的结尾而言的。——奥尔温

大峡谷

不是一杯满溢杯口的橘子汁——
但是你突然过分小心地不让
洒出一滴。站在山边
看骡子向下冲
几乎令人头晕眼花。
几英里外的对面,数英里高的岩壁。
几英里的下方,八十英尺高的黄松
好似两天未剃的胡子楂。他们如是说。
而峡谷下面的热度像地狱里一样。

太广阔,无法尽收眼底。
那里好像有一座
刻着什么的石雕,太大
无法移走,就这样,
存留了下来。
美国是硕大无朋的红色妈妈!
她敞开衣服躺着,此刻让
颜色不断变化的太阳抚摸她。
我们向远眺望,活像是一根羽毛
失落在她激动的夕照里。

怀孕六个星期,你被那些骡子所惊吓。
然而这里是神示所。
这是美国的德尔斐①。
你想要得到一个征兆。我们
为找美洲狮狩猎者而安顿了下来。
精瘦的脾气暴躁的老手。早期峡谷的
神话。他严肃地放映了幻灯片。
使他猎囊里五百只狮子
发出像是垂死的声音。
你讨厌他,
即使他的话愉悦你的耳膜,
发出隐隐的峡谷的雷声,
闪电照耀她的胎儿。

我们带着冷水袋,穿过
莫哈维人的木炭灰。
冷水袋在保险杠下
有规律地晃动。我们似乎在节省,
还没有动用它。堆起在眼前的盘绕的
高速公路迎面而来,好像塞满我们的头脑,
还有山峦、森林、城市和塞在背包里的
博伊增莓馅儿饼,这一切
使我们变得冷漠。使我们变麻木的

---

① 古希腊城市,因有阿波罗神庙而闻名于世。——译者

是从天空中对准我们发射的冲击波——
是从公路的长耳野兔群里闪出来的、
扫向我们并且穿过我们的雷神,
是天黑之后我们驶进去的啤酒罐堆。

我们费尽力气来朝圣。
此时此刻,我们想要得到赐福。想得到
从大峡谷的狮子转化为美元上的鹰之前的
祝福语。我们怀着巨大的希望,
希望在峡谷平台上跳舞的纳瓦霍族人
传达这祝词。

啪姆①!这祝词来自
独一的纳瓦霍人跳舞之前的
第一声鼓响。

啪姆!山峡通过那鼓皮
讲话,从其晕头转向里
发出的第一声召唤。

我身体上的每根毛发都竖起,
仿佛成了鼓皮上的陈年灰尘。

---

① 原文 paum,系 palm 的古体字,有多种意义。此处义为棕榈树。棕榈叶代表胜利。但它在这里兼做象声词。——译者

啪姆!
吞没整个记忆,
舞蹈者、拥挤的人群、照相机、
在峡谷边缘上的一切
都被这独一无二的鼓声吞没。
你、我和她——悬在
她颤动的回音室里——如同
在糟糕的偶然事故中
被吞没了。身前身后的记忆
全被抹掉——整个情景
成了啪!

我记住了来路,所以我知道
我们像梦游般回到汽车,发现我们的水袋被窃。

什么也没留下。我从没回去,
而你已离世。但在奇怪的时刻,
这祝词好像是第一次来了,
如同一只手抓住我,把我从浅睡中摇醒,
经过这么多年,三十年之后,
我们的声音合并为你女儿的声音——

啪!

卡尔斯巴德洞穴①

我们看到过卡尔斯巴德洞穴里的蝙蝠,
厚厚一层如同烟囱里的烟灰,
洞比教堂还大。在它们整个世界的

地平线上和它们独有的生活里,
我们使自己成了微不足道的小黑点。
这整个的群体大概很快乐——

太快乐,以至它们不知道自己快乐,
它们快乐地忙碌着,内心充满了快乐,
紧紧地倒立在它们岩石的天堂里。

我们对了一下表。此刻前卫蝙蝠
开始扑动翅膀,在巨大的洞口
旋转,这洞口是

我们的圆形大剧场,它们在那里表演。
少数蝙蝠的振翅促动了几百万只蝙蝠

---

① 指美国新墨西哥州的一个洞穴。——杰夫

飞转，直至这群像沸水般蹿动的团体

挣脱了地心吸引力。蝙蝠们猛然出洞，
如同水泼，如同烟柱冲天，如同滚滚波浪，
一股几百万只蝙蝠形成的洪流

冲天而上，达半个钟之久。是一条
从地球缝隙里飞升的乌龙。是一条
朝西南格朗德河流域游去的

硕大无朋的天蛇，在那里，蝙蝠
每个夜晚捕捉数吨昆虫——
有人说是五吨。

情形就是这样。每晚如此捕虫
捕了几百万年？捕捉的准确性像雷达，
起飞时间的准确性如同钟表。

我们吃不准那天夜晚是该走还是该留。
我们到了我们有生以来从没到过的地方。
成了访问者——甚至访问我们自己。

蝙蝠是太阳机器系统的一部分，
通过昆虫的机器系统，与花卉的机器系统
紧密相连。蝙蝠的意义

润滑着地球永不停息的逻辑。
宇宙的要求在妖怪翅膀上广大无边的需要。
是对我们半途而废的一种鞭笞。

当我们如那扰动般遐想时,有人大声叫嚷。
蝙蝠的乌龙正变成一个大黑团。
"它们回来了!"
    我们凝望着,透过

无数的蝙蝠,只见乌压压的雷暴云砧
涌现空中,蝙蝠在格朗德河上方
扑扇着收拢翅膀。它们遇到了麻烦。

它们像折叠雨伞那样地收起翅膀,
从高空俯冲而下,像整块乌云般
直下洞穴,好似身体庞大的

衣衫褴褛的巨怪钻入了小瓶。
整个南天风起云涌,雷电交加,
如同爆发了一场战争。

那些蝙蝠睁大了眼睛。它们不像我们,
它们知道如何和何时远离
感动太阳与星星的那份爱。

黑大衣

我记起外出到那里,
潮水已远去,北岸冰冷刺骨的风
加速着
我的血液流动——那种外缘的怀旧,
那种美妙的感情。我仅仅记得的是
我的黑色大衣。我走在潮湿的沙坑上,
凝视着大海。竭力独自感受,
就我自己,带着强烈的感受——
我与大海这一块大白板[①],
仿佛是我返回的脚印
走出那闪着微光的透明屏幕,
走出那宽广的地平线,可能会是
一个全新的开始。

我的鞋底印出
我唯一的踪迹,
我与大海作了简短而又令人满意的
讨论。把我的评论放在一边,

---

① 白板指人出生时未受外界和自身经验影响的纯净的心灵。——译者

让大海的薄舌来解释。此刻
听不见什么,它只是一种疗法,
说明书太复杂,此刻我难以理解,
但把它收藏在我的密码箱里,
以备后用。你在快照里
用马铃薯片喂一头野鹿,与此同时
你回头对着我和我的照相机大声说话。

所以我不知道我已踏入
放置在你棕色虹膜里的
照相机所偷拍的远程景色里。
也许你也不知道,太远,
也许有半英里远。
朝我看着,望着我
把大海的边线别在大衣上。[1]
不知道那双重形象
如何聚成一个焦点(你眼里
从来就有的双重曝光
是你双向内心的复视错误之投影,
鬼魂和我模糊不清的身影),
轮廓分明,和所拍摄的对象一样明显,
这好像是背对那正冻结的大海的
一个圈套,你已故的父亲刚从海里爬了出来。

---

[1] 这是休斯看海时的个人体验,即他望着大海时找到了写诗的词句和意象。——译者

当你的镜头校准时，
我没有感觉到
他是如何偷偷进入我体内的。

肖像画

霍华德为你画的肖像画怎么了?
我要那幅油画。灵魂助了霍华德一臂之力。
"有时当我动笔画时,我听见
一个声音,女人的声音
喊着'霍华德,霍华德',
声音逐渐变弱,远去,最后消失。"
　　　　　　当他给你的肖像画着色时,
他激动得难以自制。在画架上
专心致志作画时,他神采飞扬。
画了多少次?经历了雅多[①]的秋。
火炉边的冬。雨,雨,
针叶林里的雨。部落冲突的呼叫
及其回响。加在你肖像上的颜色变深,
和匀,闪着光亮,你从霍华德用他的眼光
看你的那扇窗户,对我们抬眼相望。
在光亮的油彩里,你自己
振作了精神,画上的嘴唇

---

① 雅多(Yaddo)是著名的艺术家和作家的创作之家,在纽约州,免费提供吃、住。1959年下半年普拉斯和休斯在此地住了几个月。——杰夫

与你的嘴唇完全一样。

"那是什么?那是谁?"突然有人
从你身后疏于照管的阴沉沉的房间里
显现而出,弓着腰,贪婪地
盯着你看,就在你的肩膀后面——
一个罩着风帽似的黑影,好像
某个人的黑影。谁?
霍华德感到惊讶。他对着它微微一笑。
"如果我看见人影在那儿,我就画下来。
发生这种情况的话,我很高兴。
他恰好来啦。"

来自何处?神秘的黑色人影
悄悄地追踪在你照人的光彩之后。
我带着恐怖的预感见到了这黑影。
怀孕了的你独自在那里,
在人无法接近的范围里,
处于无保护状态,此刻
那黑色怪物独自把你留在他那里。霍华德的画笔
仿佛把你束缚在黑暗的虚空里,
使你成为一个诱饵,一个祭品,
引来的不是食人者,不是巨兽,
不是恶魔,那么是什么?谁?
      我们望着
一条小蛇游了出来,在暖房的地上

伸颈探视————一把黄褐色的叉柄
像蜗牛触须那样灵活,试探,生气勃勃,
举起液柱似的身子,朝向——"漂亮!"
我大声说,"看,霍华德,真漂亮!
它正施展强烈的催眠术!"霍华德大笑。
蛇毕竟是蛇。"你喜欢它,"他说,
"因为它是魔鬼。正是魔鬼
使你异常激动。"

你没有评论。几乎一个礼拜之前——
你神志恍惚,咬紧嘴唇,掐指计算着,
轻柔地在你的手指上弹出
只有你能听到的音乐,你坐在那里,
向着你肚里的婴儿躬身,
把这不朽的幽灵
召进它的圣祠里,你的书页上。

斯塔宾华芙酒吧[1]

在沟渠与河流之间
我们坐在沉闷而阴暗的酒吧里。
冬夜的雨。在蒙蒙细雨的幽黄灯光下,
黑色的拱桥及其大卵石淌着黑色。
高耸的山坡,高高的树林,
郁积了寒冷的湿气,高沼地
几乎紧围在我们的上方。整个峡谷
笼罩在诡秘、潮湿、阴郁里,
掉在古老的石头陷阱的绝望中。
我们将住在哪里?这是一个问题。
昏暗灯光照耀下的酒吧间
寒冷而空寂。你跳动着,像是
掷出手的骰子。你,走错方向的

---

[1] 斯塔宾华芙酒吧坐落在我家乡小镇赫布登布里奇(西约克郡考尔德峡谷)。我在梦幻中见到了它。几年之后,我开始明白这是我小时候所见到的酒吧屋。普拉斯去世后的那一年,我准备购置它,但几年之后才买下。它最后成了阿冯基金会中心之一,由作家管理,为作家创作提供方便。这是我的两个朋友出的主意。普拉斯生前没有到酒吧屋,她所见到的屋是她的坟墓。她的坟墓坐落在小山头上的赫普顿斯托尔墓地,正对着酒吧屋,大约有三百码远,我的父母也葬在那里。普拉斯去世时,我的父母还在世,住在赫普顿斯托尔山村。——特德·休斯生前为德国译者做的解释

拓荒者，甩掉美国的活力，
坐在那里泪水涟涟，思乡情切，
怀孕，疲乏，失望。到哪里可
开始我们的生活？意大利？西班牙？
世界在我们面前。围绕我们的
是这难忘的阴沉沉的峡谷
及其历史坍塌的坟墓，
是倾圮的磨坊，废弃的教堂，
是高度发展了的工业革命的污巢。窗户
闪耀着黑色。如果这是英国酒吧的魅力，
这就太可怕了。如同没入海底的
泰坦尼克号巨轮里的水泡。
我们闪亮的洲际卧车冲进了
隧道可怕的死角。我们能在
哪里露宿？理想的家正努力从
我的吉尼斯黑啤酒里爬出来。
在我们坐着的地方，我出生的四十年前，
我喝醉了的祖父掉在沟渠里被拉了出来，
曾经坐在垫单上唱歌。一座
我们自己的房子解决你所有的问题，
也解决我所有的问题。我们所需要的一切
是建立一个家庭，在任何地方都可以，
之后我们所有的妖怪将会变为小精灵，
我们的吸血鬼将变为指导者，
我们的恶魔将变为那花园里的天使。
是的，是那个花园。花园

在我们的言谈之间出现了,
如同你渐渐凸起的肚子。
                    一切
均在我的吉尼斯黑啤酒里。
究竟在哪里?那倒是问题——
那黑色的特有的余味,
甘草苦中带甜的秘密成分。
在那黑暗的时刻,像对面
峭立的峡谷里当地的猫头鹰,
通过它的领域环行——
来预言你和我的未来。
"在这些峡谷的边缘,"我低声说,
"坐落着许多迷人的房屋,
妙不可言的伊丽莎白时代的样式,
像一座座独立的小王国,互不往来。
例如,对面那个峡谷上面——"
我选定的地点是空想的,搁在那里,
在有围墙的台地上———一座俯临
布有树林和河流的峡谷的高山住所。
你不明白我在说些什么。
你的眼光向着其他的地方——
阳光照耀下的大西洋涨潮,
潮水响亮如雷的海滩,
冰封的峰顶,低吟的雪崩,
爬满龙胆的峡谷——劳伦斯球
点亮水晶球,你朝里看你的前途时

你坟墓的一只无声的翅膀向你扑来。
在那峡谷上面,未来的家等待我们去建立——
两个不同的家。我非常清晰地看见
我梦幻的住房,你看到的
只是黑暗,漆黑一团,虚空的一面,
如同那淋雨的窗户。

　　　　五个
玩滚木球的人像一队小丑,
嘻嘻哈哈地突然闯入酒吧屋。
他们砰砰砰地丢下球,叫酒。
他们最引人注目的是
无比的放肆,精神的痛苦。
或者说放肆是他们主要的节目。
它使他们不停地笑弯了身子。
它煽起他们的情绪,像是地狱里
剧烈摇摆的灵魂,发出像在烤架上
绝望的笑声,无比的痛苦,他们
泪流满面,好似他们搏斗时大汗淋漓,
喉咙哽住。他们喝完杯里的酒,
再斟满,再喝完。
我得微微一笑。你也得一笑置之。
此刻似乎为未来解除了一点儿忧虑。

缓 解

你像一枝嫩弱的插枝,
扎进土里,生根,
你的兴旺在于
变得多产——怀孕,分娩。
那就是你所爱的、欲与之生活在一起的你。
波兰走廊①制造的一套木偶
(每个都涂得很漂亮),最中间的一个
是笑容可掬的实心小玩偶,
是欢乐的天使,维伦多夫的维纳斯②,
或巴思的妻子③。

那就是与荒野之地分享的你。
你的自杀曾经试图把你从
花与生物联谊会的成员中拽出来,

---

① 第一次世界大战后,战败的德国割让给波兰的东普鲁士以西用作海口的一个狭长地带。——译者
② 著名的史前小雕像,肥臀大肚,是代表生育的一个女神。——译者
③ 这里指的是一套木制空心玩偶,依次大套小,最里面的一个最小,实心。普拉斯想当最里面的那个最小的实心木偶,言外之意是做一个真正的女人。巴思的妻子指普拉斯的印度接生婆。——奥尔温

联谊会的共济标志是
爱之国度里的美与甘露。

正是你在那天堂的
尘世色彩最浓的河上
坐着摇晃的小舟逃出了死亡。①
在你所有漂亮的教母之中,
你的印度接生婆是最及时的帮手,
对你来说,她是从恒河来的神仙,
她那黑色的皮肤积累了智慧。
她抚摩你的头发,使你舒畅得落泪,
把你安顿在逃亡的小船上②,
让你半坐半躺,安慰着
血淋淋的快生孩子的你。她戴了
没有一氧化二氮的面罩,
带着练瑜伽的呼息,
用猴子般灵活的黑手指给你接产,
在自由浮动的童床上,
一个小人儿打着喷嚏,
张开黏黏的嘴巴开始哭泣。
我在那里,我见到了。
当我帮助

---

① 这是休斯的比喻,指普拉斯从第一次未遂的自杀中活了过来。——杰夫
② 指印度接生婆为普拉斯接产,使之成为母亲,避免了可能的死亡再次来临。这里暗指摩西出生后,他的母亲把他放在篮子里,放漂尼罗河,因为埃及法老下令犹太男婴一律杀掉。——杰夫

你隐瞒着逃避死神时,
他已经把他的假面具
给你戴上了。

伊希斯①

那天早晨我们驱车在美国兜风时,
她开始和我们在一起。她是我们
最轻的行李。你已经对付了死神。
你终于同意地认为:死神能挽留
你的爸爸,而你能有一个孩子。

死亡的思考缠着你,使你付出了
两三年绝望与流泪的代价。
你终于脱掉死亡的外衣,
把它焚烧在你爸爸的坟墓前。
你做得是那样的坚决,成功地
创造了奇迹,生命被吸引过来,
像野鸽般突然飞下来,难以置信地
降落在你的头上。
在美国独立纪念日,
你出发了。是我,不是死神,

---

① 古代埃及司生育和繁殖的女神。有一幅表现她的版画挂在普拉斯家里的墙上,原作在法国博物馆。——奥尔温
又,普拉斯曾经从一本法文占星术的书上取下伊希斯的印制画像。——杰夫

驾驶着汽车。
　　　　　是不是死神也是我们行李的一部分？
失了一会儿业，成了我们的同路者？
他①在我们的汽车顶上？引擎罩上？
他是不是偶尔在路上？遇到了我们，
在露天餐馆，在加油站微笑着？
隐藏在我们的冰箱里？
他是不是奔跑在车轮的阴影里？

或者他是不是在你的稿纸里绷着脸，
回到你的寝室，等待你回来，
习惯地记起他？你把他从你那里藏起来，
甚至欺骗生命。但你的花已结了果，
在英国，它成熟了。
你的接生婆——果树园丁
是一位小个儿印度女士，黑色皮肤，
老派作风，二分之一的冈德人血统，
有着愉悦人的举止，
富有魅力而给人带来好运的声音，
一位司结果实的女祭司。
我们的黑肤伊希斯从墙上走下来，
摇响她的叉铃②——这是一位

---

① 修斯在这首诗的开头，用女性"她"称死神，但这里却用男性"他"称死神，似乎矛盾，但原文如此。——译者
② 伊希斯用的一种手摇乐器。——杰夫

变形的神,伟大的众神之母,
把月亮夹在她髋骨之间,
玉米穗戴在头上。

这伟大的女神亲自施加影响于
你的身体,使肚皮突出,
利用你的阵痛创造生命,
像使用手术手套一样,
像为了成功和遮住丑相
在产床上使用罩单一样。

当你躺在血淋淋的布上,抱着
刚出世而即将啼哭的婴儿时,这
不是在你身体里流泪的死神。

不是富有诗意的死神
把你从血泊里抱起,使你
立刻蹒跚着——狂喜——走到
电话机旁打电话,向世界宣布
你造就了什么样的生命,
你的整个身体被永恒及其承诺所借,
你的两只手臂抱了
从来没死过从来不知道死神是什么的生命。

顿 悟

伦敦。一个灰蒙蒙的四月的傍晚
光线柔和,散发着紫丁香的芬芳。
我在乔克农场桥上向地铁站走去。
我,一个新父亲,由于缺少睡眠
和怀有好奇心而感到有点眩晕。
接着,这个小伙子向我走来。

我经过他旁边时首次向他瞟去,
因为我注意到了(真难以置信)
我一直忽视的东西。

不是鼓突在他短上衣
上部的一只小动物,像
煤矿工人常常带的小灵狗那样,
而是它的脸。露出来的双眼
试图引起我的注意——多么熟悉的眼神!
大耳朵,被挤压的调皮的表情——
在上衣翻领之间,它那狂野的对视
饱含了惧色。
　　　　　"一只狐仔!"

我驻足时听见了自己惊讶的声音。
他停步了。"你从哪里捉到了它?
要对它怎么办?"
　　　　　　——只狐仔
在拱形的乔克农场桥上!

"付一英镑,你可以得到它。"
"你在哪里发现它的?你拿它
怎么办?""嗯,有人会买它。便宜得很,
只有一英镑。"一脸嘻笑。
　　　　　　我当时考虑的是——
你会怎么想?我们如何把它安顿在
我们那么小的住房里?与婴儿一起?
怎么对付狐臭和它的乱跳乱蹦?当它
长大并开始快活地生活时,我们怎么
对付这只无法预见的、坚强有力的、
蹦跳的狐狸?怎么对付这生性暴躁的
长嘴客?这个必须夜行二十英里、
想得到超过我们能力的一切的生灵?
当我们不论何时搬家时,我们
如何对付它无休无止的捣乱?

小狐狸越过我向其他人看,
看这一个,看那一个,然后又看我。
它所需要的是幸运。小猫似的顽皮劲
已过,但那小眼睛圆睁,一副

孤儿的神色，忧伤欲泪。缺少了
蓝色的奶水、用羽毛和皮毛制的玩具，
洞穴生活那快乐的黑暗。还有
群星在广漠中的低语，而狐狸母亲
总是在这低语声中回到洞中。
我的思想像一群无知的大猎狗
围着它绕圈，不停地嗅着鼻子。
            接着我继续向前走，
仿佛走出了我自己的生活。
我让那只狐仔走了。我把它抛回
到伦敦狐仔的未来之中，
我急匆匆地一直向前冲，好像是
回避到地铁里。如果我付了钱，
付了那一英镑，回到你那里，
抱起那只狐狸就好了——

如果我领会了一只狐狸的示意
是测试婚姻并且是对婚姻的确证的话，
我就不会在这场测试中失败。如果你碰到此事，
你会不会通不过这测试？然而，
我是失败了。我们的婚姻已经失败了。

吉卜赛女人

大教堂无能为力地在那里，
只为了炫耀，为了其他人，为了
其他世纪。它沉重的壮丽尖顶
用忧郁的阴影和神圣的重量
刺穿我们。不是第一次
我看到了朗斯[①]，是最后一次。
我将永远不再走近它。
已经发生的雷电闪击烧毁了我提前
编织着的最柔软光洁、秘密和试探性的
法国地图——如同蜘蛛编织它的走道，
也许是为了我们的未来。我们
首先在一起探索巴黎以外的地方，
我们勘察，记笔记，对一切
都着迷。我们坐在广场上，
把涂了黄油的羊角面包
浸泡在热巧克力茶里。
你身穿麦基诺厚呢短衣，
全神贯注地写着明信片。

---

① 法国东北部的一个城市。——译者

上午十点左右，空气清新宜人。

身材粗短的黑肤吉卜赛女人
突然出现在那里。忙忙碌碌，
好像黄鼠狼那样认真地检查每个罅隙，
或像餐馆服务员用刀劈牡蛎，
毫不犹豫地把坏牡蛎或马蹄螺
扔进垃圾箱，接着再劈第二个，
专心致志地寻找牡蛎的劈缝。
她手心朝上，伸手托住宗教吊坠，一个圣尼古拉，
一个圣母玛利亚。你很在行，
在她开口之前，你目不斜视地
拒绝了她，一种跳开陷阱似的条件反射，
你俩狠狠地对视着。她较量性的
老一套要求停止于你的"不"。
她的确停了，受到了刺痛，
愣愣地发呆，仿佛你打了她一记耳光。
她的手指像手枪一样，使劲地，冷冷地
向你的脸上一指："你的死期快到了。"
她的黑面孔像杰罗尼莫①的脸，一块
擦了油的皮革，一个绳结。
葡萄渣复仇的苦涩眼神，
古老的高卢人的恶意，

---

① 杰罗尼莫（1829—1909），印第安人阿帕切族领袖，曾领导族人保卫家园，抗击美军，展开反白人的武装斗争，1886年被诱降，受骗服苦役。——译者

愤怒的葡萄。

她在餐桌之间来回走动后

突然消失了,

她留下的话比大教堂还沉重,

更大,更阴暗,更深沉——

我全身接受她的话的分量

如同我独自内心接受了一个更新的

或更古老的宗教(更加深的地下墓穴),

将要跟随我遍走四方,而且我身后

跟随一位更强的神。

　　　　然而

你继续写明信片。几天来

我凭借护符的力量写诗,以头韵和脚韵的复杂体系

以抵消她的恶意。我想象自己

正回到朗斯如何找她,

给她一枚硬币,贿赂她

把她的诅咒收回去。但你从来没有

提起过,从没记在日记里。

我一直希望你甚至没有听见她的话。

也许,你的耳朵由于近距离的爆炸声而聋了。

也许,是封闭在更坚实的教堂墓穴里。

梦

你最坏的梦成为现实了:
门铃响了,这不是无数次机会中
一次简单的机会,而是
一小块陨石直接掉进了我们的烟囱,
上面还有我们的名字。

我说过,这不是梦,
是星宿控制人生。整个人类的
渴望不容变更,如同睡着的人
把空气吸到肺里一样。
你得掀开棺材盖一英寸。
在你的梦中还是在我的梦中?
奇怪的信箱。你取出那只信封。
你父亲寄来的信。"我回家了。
可以和你生活在一起吗?"
我无言以对。对于我来说,
要求就是命令。

接着梦见沙特尔[①]大教堂。

---

① 法国北部一小镇,以其大教堂闻名。——译者

沙特尔。无论如何我们得去
沙特尔。你不是第一次去那里。
除了一只布列塔尼①罐子之外，
我什么也记不得了。
你把我们的一切放了进去。
每个法郎也放了进去。
你说这是给你母亲的。
你把我们的氧气灌了进去。
沙特尔大教堂（这个我记起来了）
逼近在你的面前，像一大块黑丝披巾，
风暴性大火后烧焦的窗花格。
你像修女似的用你父亲剩下的东西
调养。把我们的生命从那把罐里
倒进他早晨喝的咖啡里。接着
你把罐子打得粉碎，成了
粗糙的星星形状的碎片，
你把它们交给了你的母亲。

"至于你，"你对我说，"允许你
记住这个梦，好好想一想。"

---

① 法国西北部一地区。——译者

半人半牛怪[①]

你砸破的红木桌面
又宽又厚,是我母亲的
祖传家具,上面留有
我整个生命的伤痕。

它遭到了锤击的命运。
你因为我迟来二十分钟照料小孩
而发狂,在那天,
你挥舞着高脚凳。

"太好了!"我大声说,"别歇手,
把它砸碎烧光。那是你
置于你的诗歌以外的东西!"
稍后,考虑以后平静了下来,

"把劲头使在你的诗里,立刻动手吧!"
深藏在你耳洞里的妖怪
噼噼啪啪地捻他的手指。

---

① 根据希腊神话,此怪物食人肉,被饲养在克里特岛的迷宫中。——译者

我给了他什么呢?

解开你婚姻的
一团乱麻的糟糕末端,
给你的孩子们留下的是
像迷宫地道里的回声,

给你母亲留下的是一条死巷,
把你带到你已站起身的父亲的坟墓,
那被牛角抵破而发出牛吼的坟墓——
你自己的尸体也在其中。

奶 锅

九月的一天下午五点,
当他驱车一百九十英里之后
最后停车在长长的小镇主街道,
带着湿气的黄铜色西乡①夕阳
低悬在街道远端的上方,
当他解脱了长时间在车里造成的僵直
(车里塞满了书本,装着器皿、刀叉餐具
和小孩物品的一只只手提纸袋),
穿过那陌生小镇的倾斜街道,
去买热牛奶和婴儿食物用的小锅时,
在家具进入他们奇怪的新生活中
空空如也的新屋之前的几个钟头,
他没有注意到那家金属器具商店关闭
已经两年,空空如也。
他拿着到其他店买的小奶锅返回时,没发现
有人在人行道上盯着他。
他搂着一个年轻的女人,
她穿的差不多是长夜礼服,

---

① 西乡(West country),英格兰西南部诸郡。——译者

开衩至臀部,白丝绸透孔披巾
披在裸肩上,耳戴豹爪耳环,
当他在她身旁感到疲倦
在"莫里斯旅游者"牌汽车轮后面
勉强地想回到车子里时,
他没看出,他的妻子也没看出
距离他们不到两码[①]远的那个男子
直瞪瞪地盯着他们看,远比坐在令人满意的
汽车里的两个人富有活力,
那个人就是他自己——知道他们整个的未来,
却无法提醒他们。

---

① 英美制长度单位,1码等于0.9144米。——译者

错　误

我带你至德文郡。带你进入
我的梦乡。我夜游似的陪你
走入我的图腾之境。一处
难以想象的地方：
西方的果园。
　　　　我努力处理
毯子、羊膜和脐带，
你和我待在一起，勇敢，拼命挣扎，
怀着希望，留神等待着
众神的神谕，一件一件地脱掉
你美国的忠诚——直至你赤裸灵魂
和受伤，走进通向墓地的这条
没有风景的鹅卵石铺的狭长通道。
　　　　　　意大利太阳
怎么啦？是不是逃避了我们的抓攫，
像蝴蝶逃离荨麻那样？
闪耀的轨道，你青春期的
横贯大陆的梦之快车，是不是
在这红土的隧道里砰地开到尽头，
遭到毁灭性碰撞而停下来了？

这就是为何我们不能醒来——麻木地
用我们的手指撕碎荨麻的根。
      我们走错了
什么样的岔路？在朦胧的果园的
茅屋顶（雨滴打在上面嗒嗒地响）之下，
我们倾听着我们的住所像棺材一样腐烂，
坍倒在荒草里。当你独坐
榆木餐桌旁，凝视一张白纸，
静静地用手指搭在打字机键上，
倾听漏屋的嘀嗒，雨的咕哝，
注视那下陷的教堂
和闪着微光的黑石板屋顶上的
茫茫雨中奔腾的细浪时，
你理解了什么？
      这就是里昂纳斯①。
难接近的云，海下的树林。
地道满是荆棘的迷宫。
裹着衣服的女人们
（你称她们为树桩似的丑女）
在潮湿的商店，对你的异味
嗅着鼻子。她们的眼睛
处处盯着你，好像
浑身是泥的獾，
把你从睡眠中挖出来，
用脚爪抓住你的梦，

---

① 英格兰西南部一块神秘的地方，靠近康沃尔，据说被海所淹没。——译者

从每个地洞口探身出来,
操着黑暗时代的方言,在篱树旁
叽叽喳喳地议论不休①。
　　　　世界
结束于挤在大门后面、陷在
深及膝盖的泥潭的一群小公牛身旁,
在连绵起伏的雨淋淋的山丘之下。
一声震动湿漉漉的橡树林的牛吼
测试了这里的界限。在长筒靴旁,
搏动的排水沟——
一小股血水——
寻找江河与大海。

这是我们最终所做的选择。
我记住它,看它成了泡影:
奇怪的人们,有着封闭的才华,
无声地大笑大叫,透过那层透明物,
盯视着一片荒凉。
在一座异域的坟墓上,在百合丛中
有一张雨淋的结婚照——
就在照片之下,看不见的尸骨
依然忍受着一切。

---

① 沿着德文郡的乡间小路的两边长着高高的树篱。当你走在小路上时,由于树篱很高,你看不到周围的田野。在行人的眼里,当地人的房屋掩在树篱里,大门口便好像成了獾的洞口。——奥尔温
又,休斯又巧妙地移景于淹没在海里的里昂纳斯。——译者

房　客

那年九月，土豆长在院子的角落。
这些土豆是欢迎新居民的手推车食品[①]！
我们自己土地的首批成果。
这些是口味非凡的土豆。
在那些日子的早晨，我成了
我们生活中的拓荒者，买铲锹、
叉耙、工装裤和靴子。还有有关的
参考书。参考书！我成了
贪婪吸收一切园艺知识的学者，
处于丰饶的氛围之中。我开始挖地。
我得立即动手，深翻整个园地。
我的内心，不管里面隐藏了什么，
与我一同深翻。我以为
在心脏跳出我的身体之前
用不了多少时间，我快完了，
或者说身体全垮了。

[①] 在美国的小镇，商店门口有堆放食品的手推车，里面放有供新来居民取食一两天的免费食品，以招徕顾客。在英国没有此风俗，所以休斯戏称长在院子里的土豆是欢迎新来居民的免费食品。——奥尔温

深翻几个小时之后,
突然出现了状况,汗如雨下,
我全身发抖。心悸。而今我习惯了
心悸。当时只可能是心脏病。
一阵阵剧痛。心怦怦地狂跳。
夜里我睡在枕上,听见血管
间歇短促的脉动。俄式轮盘赌:
每一次心跳是新掷一粒骰子——
俄式轮盘赌的咔嗒声。
躺在床上,一种异样的感觉袭来,
当我的心脏把我粉身碎骨时,
仿佛我在治疗我的牙痛。
然而,我心即我,
我即我心。我的心脏经常
经过我的过度劳顿而发出欢畅声。
它如何能舍弃我?我处处带着它,
一个将死的小孩,沉重地
压在我的胸腔里。从我左胛骨下
突然有一根大铁钉钉进了体内。
或一柄剑可怕的锋口
直朝我的颈边锁骨刺下。或者是
身体里有什么东西啃啮着我的肋骨。
糟透的是难以预料的昏厥——
传动装置从无限的能量供应,到瞬时
失去动能,驱动装置原地打滑,
我的马达失效了。

一天几次？疑病症像护士似的
扶着我的手臂走，她的手指搭在
我的脉搏上。嗯，我行将就木。
我开始每天对我心脏的误跳
进行观察。我醒来时双手无力。
我上床时手指剧烈颤抖，我盯视着
我拿着的书本也抖动。在我的
左右胛骨之间有着定时的拳击，
"骆驼的脚走起来轻柔，但踢起来力量无穷。"①
突然血涌到我的喉咙里，
好像是一只折翅的鸟，暂时
从猫那里逃了出来。努力
使我的全身成为贝多芬音乐的导线管，
通过我的主动脉，重新指挥音乐演奏，
以便贝多芬能使我自由自在，
轻松自如。我到达不了那个音乐境界。
所有的音乐告诉我的是：
我是一个被抛弃者，在音乐倾泻的
领域里，在这完整的、富有创造性的、
充满乐声的领域里，不再是
一个合适的人。我已是一个被丢弃的人。
我的动量仅是我原来的惯性，而我
已经崩溃。我已经成了死后的人。
不管我看到的是什么，任何猫或狗，

---

① 这是阿拉伯的谚语。——奥尔温

看见我已经死了,只东倒西歪地
走几步远,在我视网膜上
依然有含糊的影像。
我的新书房
自始至终是一颗心脏可以杀死它主人的地方,
我的心脏就是这样杀死了我。对于这,
我两三年来什么也没对你讲。
与此同时我要问
谁在利用我的心脏?
谁置放我们的蜂箱,为了逗他自己乐,
用我笨拙的双手竖起九排豆架?
谁是这个陌生的开玩笑者,
他来赶走我们,分享着
我的健康,如同他分享你的健康那样,
看着我翻土,显得如此的平静?是谁
越过你的肩膀,注视你润色的诗篇,
如同他注视这面或那面或另外一面
不理睬他的镜子?

水仙花

谁记得我们如何摘水仙花?
谁也记不得,只有我记得。
你的女儿抱了一捧水仙花,
热心而快乐地帮着收获。
她已经忘了,甚至记不得你。
我们把水仙花出卖了。听起来
这像是一种渎圣行为,
但我们卖了它们。
我们穷到如此地步?
老斯通曼,那位杂货商,
斜视眼,血压很高
(这是他最后的机会,
他像你一样,将死于严寒期),
他劝我们卖。每年春天,
他总要买水仙花,七便士十二株,
好一个"顾客之家"①。

---

① 休斯和普拉斯搬进去的住宅有一个花园,每年春天有几百株水仙花开放,当地的人常常来这里买一束。——奥尔温

此外,我们依然不确信
我们要拥有什么东西。
我们主要渴望把一切转化为利益。
对于我们所拥有的一切来说,
水仙花依然是浪流者,陌生客。
水仙花仅是偶得的产物,宝物。
它们就是这样简单地来了,而且
不断地来,仿佛不是从地里长出来,
而是从天上掉下来。我们的生活
对我们的好运依然是一种突袭。
我们知道我们将永远生活下去。
我们还不知道长生的水仙
迅捷扫视的是什么。从没认出
蜉蝣般短暂的婚姻的飞逝——
我们共同生活的日子!
　　　　　我们以为水仙是意外的收获。
从没想到它们是最后的一次祝福。
因此我们卖了它们。为卖它们而劳作,
好像我们受雇于某个人的
花卉农场。你弓身于水仙,
在那年四月的雨中——你最后的一个四月。
我们一同弓身于拥挤的发出轻声的
水仙花茎之中,潮湿的装束抖动于
它们少女般的舞衣——
新开的水仙花,如同展翅的蜻蜓,
湿润而娇嫩,开放得太早。

我们把娇嫩的花株堆放在长板凳上,
十二株一束,叶子也配搭好了
(柔软的易弯的刀片形叶子呈银灰色,
呼吸着空气),把它们的卵形肉茎
竖立在水桶的水里,然后
卖掉它们,七便士一束——

它们带着风造成的伤口,
从黑暗泥土里出来后的颤抖,
无气味的花瓣,坟墓深处冰冷燃烧的净化,
仿佛是冰的呼吸——

我们卖了它们,让它们去枯萎。
它们密得我们来不及疏剪。
我们忙碌得终于支持不住,
失落了我们婚礼的剪子。

每年三月,它们再从
原来的球茎里长出来,如同
在冰雪融化时传来婴儿哭声,这些
芭蕾舞女演员在音乐伴奏前还没出场,
在舞台两侧的寒风里哆嗦。它们在同样记忆的
激涌之上拍动着回来了,忘了
你曾弓身于那里,在阴暗的四月雨帘后面
剪断它们的花茎。

但在某处，你的剪子记得。不论何处
都记得。这里的什么地方，
剪刀口张开着，
年复一年的四月
一只锚，一个锈的十字架
向地里沉得愈来愈深。

胞 衣

堆在地板上的胞衣已成废物。
像是食落拓枣者①的整个岛屿
被连根拔起,暴露在光天化日之下,
扑倒在浸透血的白报纸上——将成为一摊
黎明的红色和黄昏的紫色搅和的废料。
你又笑又哭得泪光闪闪,最后瞪起你的眼睛。
当喀耳刻②走来,撕下她的脸皮
扔在地板上时,一道耀眼的光辉
如同中午太阳最后的凝视,
突然闪进了卧房。
震撼人心的美丽的小生命
就这样诞生了。胞衣突然使我想起
那个皮肤晒黑的德国人
使尽全力拉出章鱼的肚肠,

---

① 根据荷马史诗《奥德赛》,奥德修斯在北非发现食落拓枣的人,他们以懒散、倦慵、安逸、健忘和不思不虑为特点。英国诗人丁尼生(1809—1892)曾据此写了一首长诗《食落拓枣者》。吃了落拓枣的人像吸食鸦片,出现幻觉。在英国的报刊文章里,胞衣的形状常被比喻成岛。——杰夫和奥尔温合注
② 根据希腊神话,喀耳刻是三个蛇发女怪之一,面目可憎,人见后立即化为顽石。——译者

狠狠地朝我们蜜月的码头上扔——
露出我中暑时所见到的
一片蓝中透黑的耀眼的光。
     你欢乐至极
流下泪来。胎盘已无意义,
令人窒息。当你睁开泪眼时,
我认为没有任何其他棕褐色眼睛能闪烁
你那样晶莹的泪光。我把沉重地堕落于
地上的伊甸园变成一只耐热的玻璃钵。一只
只局限于其本身意义的钵,一只蜷缩在
它紫色血里的野兔——在几周前我把它
切成一段段一块块放在钵里煨了的尸体。
我感到好似某人在洞壁上的影子。
一个在埃及墓壁上的狗头人影。
当我把一钵胞衣埋入榆树下
古老不列颠慈母般的小丘时,
你从床上透过窗户望着我。
你不会再吃那只盛着自己血的酒中了的钵里的野兔肉。
钵里的兔子睁开过眼睛。
仿佛在某个夜晚,也许是大雪纷飞,
它从榆树下一跛一跛地走下小丘,
进入我们的院子,大叫:"妈妈!妈妈!
他们要吃掉我。"
    或像闪现眼前的
一个被派来的小妖精
在我的车前左冲右突,

突然撞上后轮,车一颠簸,
它于凌晨三十分静静地死于车轮之下。
你没有听到。但它像血似的从我的笔端
流了出来,重新成形于我的书页上。
用象形文字写的野兔。你好奇地把它拾起。
它像电话铃声似的在你耳中尖叫——
它圆月似的眼睛,好像折断的花,尖叫着。
钵中的野兔,被取出了内脏,
一副发愣的表情,像破裂的动脉
血流不止,它在钵中尖叫着——

塞蒂包神[①]

谁能扮演米兰达[②]？只有
你能演，而我演斐迪南。
就像那样，是的，就像那样。
我从未持过异议。你的母亲
扮演普洛斯彼罗，施她的魔法，
演假面剧，祝福我们的婚姻，
偷听在巴黎度蜜月的夫妻的密语，
在楼梯上对她在幽暗的墙壁上的
影像微笑。我的遭难
突然成了未穿过的新戏装，甚至是
镶在我牙齿上的金子。爱丽尔[③]
日夜愉悦我们。话语、声音
和甜美的曲调是我们的气场。
爱丽尔是我们的光环。我俩

[①] 南美阿根廷南部巴塔哥尼亚的印第安人所崇拜的神。莎士比亚在《暴风雨》一剧中对他有所描写。——译者
[②] 莎剧《暴风雨》中被篡爵位的米兰大公爵普洛斯彼罗及其女儿米兰达被流放到一荒岛，后用魔法取胜复位并复得财产。——译者
[③] 莎剧《暴风雨》中的精灵。——译者

轮流演卡利班①（我们的秘密），
当我们相爱时，
他向我们展示
最甜蜜最新鲜最狂热的爱，
并且爱我们。西科拉克斯②，
咱园子里已无果实的榿桲树的树皮
在海岸线雾蒙蒙的浪花里，
在天堂的翅翼里，来回摆动，
像是一位导演在研究
将要演出的场景。

剧本征服了我们。卡利班
倒回来分配演员的角色。当你唱着
你如何从榆树那里挣脱出来时，
我听见你声音里牛的吼叫声
使我脑后的头发根产生刺痛。
我躺在黄花九轮草的迷宫里
没有得到一点暗示。我听见
弥诺陶洛斯走下它古老的
又深又冷的使人误入歧途的坑道。
弥诺斯王，别名奥托，他的吼叫
迂回曲折成杀气腾腾的音乐。

---

① 莎剧《暴风雨》中最丑陋凶残的奴仆。——译者
② 卡利班的母亲，巫婆。用魔法把精灵爱丽尔困在树上，爱丽尔后被普洛斯彼罗解救。——译者

我们在哪个戏剧里？找到你
再上我的船太迟了。月亮
离开了系泊处，颠簸在风暴中。
你吼叫的歌是正被烘烤的
焦黄的公牛体内的尖叫。西科拉克斯的
笑声是雷霆、闪电和乌黑的暴雨。
她向我扔普洛斯彼罗的头颅，
一声霹雳，一下巨大的碎裂声。
月亮的角猛冲过来，向上抬起。
我听见从烤牛里传出你的呼喊：
"谁肢解了我们?"我爬在
长袍之下，紧紧抱住我所能
抱住的一切，听见
此刻一只只猎狗的吠叫。

一盘短影片

它的本意不是伤害人的感情。
它是一些人为了愉快的记忆
而制作,他们还太年轻,
没学会记忆。

而今它是危险的武器,定时炸弹,
也是一种长期安在体内的炸弹。
只有电影,你的一些镜头一滑而过,只需几秒钟,
电影里的你大约十岁,一滑而过,还是一滑而过。

这东西灰蒙蒙,不十分清楚,
有一根细保险丝,比调好了的
波长差一些,是我们体内引爆
你的墓中的一切的电子引爆器。

那种爆炸造成怎样的伤害
不仅仅是一种恐惧的念头,
而且是皮肤上亮晶晶的细汗珠,是对
已经发生了的事情所做的神经支撑力。

碎呢布片地毯①

有人做了一块。你很羡慕。
因此你开始做你的碎呢布片地毯。
你需要做一块。被雷电威胁的
你需要大地。也许。或者需要
从你体内拽出一些什么——
心灵的绦虫。我简直很高兴
望着你那把勇敢的剪子
把你扔着不穿的价格曾经很贵的
旧毛料衣服剪成一条条。血红色,
水仙黄。你把它们搓成绳,
赋予它们新生命,使它们成了
五颜六色的毒蛇,从你衣橱的坟墓里
游了出来。像是埋在地下的裹尸布,
包裹在古老的木乃伊上。
你如同一名陶工,俯身于
你的彩色碎呢布片地毯上,
它像转动着的轱辘,轮子愈转愈大,

---

① 普拉斯生前把自己穿过的呢子衣服剪成条,搓成绳,编织了一小块圆形呢布片地毯,放在房里。——奥尔温

你想理出音乐般的同心圆盘——
舌头般松散的碎呢布片绳头
来回摆动着，一团呢绳从你的指头
绕出来，好似奏出了一首赋格曲。
把盘曲的毒蛇织进地毯，
这使你平静了下来。这呢布片地毯
正转和反转时[①]，把我们从那间深红色房间
揪心日子里挣脱了出来。
它解放了我，也解放了你，
你做一些似乎毫无价值的事而获得解放。
你不论何时做地毯，我总感到快乐。
那时我可以给你读康拉德的小说：
《黑暗的中心》《秘密同伙》。
一章章地读，一句句地读，一字字地读，
我能用我的声音抚慰你的心灵。
同样，我可以感觉到你的手指
抚爱我的朗读，一个小时又一个小时，
制作碎呢布片地毯——毒蛇（撒旦）的彩虹。
我像是耍蛇者——我的声音
使你像蛇似的蜷曲身体，跟随
我的声音摆动。而这时
你挖掘出比我们的诗歌更深刻的东西。
像是两个半块磁铁石的一种认知。

---

① 这是一小块同心圆地毯，看起来像是正在正转或反转的圆盘。——译者

我记得

我们那些漫长的深红色黄昏,

更像照相时屏息的时刻,好似

要触摸到不飞走的游隼。

我仿佛抓住你的手,用你的手

抚摩游隼。

   过后(没有过多长时间)

你的日记却透露了(不管向谁)

你渗进那块地毯里的是什么样的愤怒。

仿佛你从你的肚脐眼里

拽你自己的肠子那样地拽住了它。

我是小孩还是母亲?你是不是编结了它,

那根联系我们之间的脐带,从我的限制里

你自己挣脱出来?或者是把我推出来,

扔掉?你是不是缠绕它,用

你那神奇的急救手术,拉掉

隐藏于我们之间麻木距离的缠结?

或者是不是从某个尖刻的老太婆

睡着时的臭嘴里冒出来的诅咒——

她把层层叠叠迷宫似的混乱

编进那块壁炉毯的诅咒?

不可逾越的呢布片编结的卷绳,

成了致人死命的毒蛇。

当你最后踩在它上面时,

它轻轻的一碰将会改变你的血液。

当我跨过它时，它会改变
我的神经和脑浆。
　　　　　　我梦见我们的房屋
在我们发现它之前。一条巨蛇
从屋中央的井里抬起它的头,
正巧屋中央的一块厚石板之下
就是那口井。一条金黄的毒蛇,
粗如小孩的身体,从已打开井盖的
井口探身而出,穿越后门的游动
似乎无休无止,直至它的尾巴
游过门槛,这个磨损的破门槛
很快属了我们。那是在我的梦中
整座屋子倾覆之后的情况。这屋子
完美的复制品（井底世界本身
颠倒反射的复制）摇动得最厉害,
由于地震的震动,在它异样的星空下
锁闭了,把毒蛇摇醒。
　　　　　　堆在你膝上的
碎呢布片地毯滑落到地板上。
它躺在那里,在我们之间,蜷曲着。
不过,它来了,它不论在何地
发现它的舌头,它的毒牙,它的意义,
它幸存于我们的伊甸园里。

写字台

我要给你制作一张结实的写字台,
一张可以终身使用的写字台。
我买来了一块两英寸厚的宽榆木板,
木板的一边有树皮,是为做棺材
而粗粗砍伐的木料。做棺材的榆木料
找到了新生命,让它的尸体
淹在地下水里。它保存死者的时间
比山毛榉或桦木或松木可能还长一些。
由于有了一个平面,我为你的灵感
展现了一个完美的着陆缓冲垫。
我不知道我已经制作了一扇门
朝下开向你父亲的坟墓。

每天早晨你俯身于写字台,
兴高采烈地喝你的雀巢咖啡。
活像一个动物,呼吸野外的空气,
专注自身的不安,然后
寻找所需要的药草。
你在榆木桌上,跟随你的笔,
发现打开通向另一个世界的门的口令

没有花多长的时间。
难以置信的是,
在大白天,我通过它看见
你父亲复活了,站起身来
蓝色的眼睛,那个德国杜鹃
依然在报时,勾起你的整个记忆。
他穿过它,跛行入屋。
我睡着时,他浑身发抖着,
蜷伏在我俩之间。你转身触摸我时
认出了他。"等一等!"我说。
"等一等!那是什么?"我询问的声音
被他的德语淹没了——他,一位
在我的听觉波长之外的德国人。
我醒来了,进入了更深的睡眠。
我梦游着,像一位演员
用剧本挡住戴着的眼镜。
我拥抱死亡女士,你的对手[①],
仿佛这角色是用闪着磷光的字母
写在我的眼睑上。你快乐地
用双臂拖住他,他带你穿过榆木门。
他得到了他所想要得到的。我醒来,
戴着道具,这微不足道的假面具,
站在空无一人的舞台上。剧本

---

① 可能指休斯的情人阿西娅·魏韦尔,她导致了休斯与普拉斯婚姻的破裂,但不久这个情人也自杀了。——杰夫

撕碎了,撒得满地,它的代码
乱成一堆,如同一面破镜的
碎片和碎粒。

如今仰慕你的读者们能注视
这些墨迹——你用文字诅咒他恳求他
留下来的印记。榆木写字台不再有了。
榆木门不再有了。再一次仅是一块榆木板。
棺材盖猛烈地从你朝上的凝视里
脱开。它突然出现在水面上——
它冲上了岸,远在大西洋的岸边,
一个古董,
我大汗淋漓,为你找到你的父亲,
然后把你交给他。

恐　惧

你的写作也是你的畏惧，
有多次它是你的惊恐，所有
你结婚的礼物、你的梦想、你的丈夫
都会被这惊恐的妖怪从你那里带走。
你的打字机会被带走。
你的缝纫机、你的小孩
会被带走。一切都会被带走。
这畏惧是你的书桌桌面的颜色，
你几乎知道它的特征。
那木纹如同皮肤，
你可以抚摩它。在你加牛奶的
咖啡里，你可以品出它来。
它像你的打字机发出响声。
它躲藏在它自己的魔力里——
你的壁炉架上的紫砂美人鱼。
你的融化乳酪制品的铜平底锅。
你的亚麻餐巾。你的窗帘。
你盯视着这些。你知道它在那里，
藏在你的谢弗牌笔里——
那是它最喜爱的地方。不论何时

你写作,你往往在词的中间
停下来,更仔细地看着它,
它又黑又胖,在你的手指之间——
强烈的恐惧随时会发作,会把
你的丈夫、你的小孩、你的身体、
你的生命从你那里带走。
你能看到它,就在那里,
在你的笔里。

有人也把那玩意带走了。

梦中的生活

你在每天夜里的睡眠中
仿佛走进你父亲的坟墓里,
第二天早晨,你似乎不敢看
或不敢记起你在夜里见到的情景。
当你记起来时,你梦见的是
漂满死尸的大海,死亡集中营的暴行,
大规模的屠杀。

你的睡眠似乎是一座血淋淋的圣陵。
你父亲坏疽性的被切断的腿
是圣陵里的圣骨。
难怪你害怕睡觉。
难怪你醒来时说:"没做梦。"

你作为女牧师主持的夜礼拜仪式,
那个祭礼的仪式是什么?
那些诗篇是不是礼拜仪式上
你做的一段段祷告词?

你白天的苏醒是一种痛苦的保安措施,

一种你努力坚持使用的措施,你却不知道
惊吓你的是什么,或者不知道
你的诗歌从哪里跟随了你,而它的脚
沾了黏糊糊的血。每天夜里,
我给你灌输勇气、理解和安静,
使你平静下来。这有帮助吗?
每天夜里,你又走进教堂地下室
那个在崇拜父亲的大圆屋顶之下
隐蔽的原始的洞穴。
你通宵无意识地在这洞穴上方
闲荡,吸收只谈结论的神谕。

砍断的人的四肢,
医院焚化炉的烟,
留有残肢的狂欢的乞丐,
死刑毒气室和火化犹太人的火化室——
所有这一切被你睡眠之神细察到了
他的蓝眼睛——你的太阳穴里
不眠的电极

准备他的赎罪节。

最佳的光线[①]

你坐在水仙丛中,
一副天真烂漫的神气,
如同照片旁的题词:"天真烂漫。"
映在脸上最佳的光线
如同盛开的水仙。像那些
水仙花中的任何一株,这全然是
尘世中你在水仙丛中仅有的四月。
你新生的婴儿在你的手臂里
像一只玩具熊,仅有几个星期
进入他的天真。在你神圣的照片里:
母亲和婴儿。在你身旁的是
对着你仰面而笑的女儿,
不到两岁。像一株水仙,
你俯脸对着她,讲着什么话。
你的话音消失在照相机里。
      小山里的这种认识
却到达不了这张照片上了,
此刻你正坐在山头上,

[①] 适于拍照的最佳光线。——奥尔温

一座围着沟壑的城堡似的土丘①,
比你的住屋稍大一些。
而你随后的时刻
像向你走来的一名步兵
慢慢地从无人地带返回,
在某些东西下面躬身,
永远到达不了你——
仅仅融化进那最佳的光线里。

---

① 指普拉斯和休斯在德文郡的乡间住屋旁的史前留下来的土丘,土丘四周有沟壑围绕。参见休斯给普拉斯《榆木》一诗做的注解。——杰夫

野兔捕捉器①

五月。它是如何开始的?
什么暴露了我们相互的怨愤?
在那天这么早的时间,月亮刀刃
什么样古怪的转动使我们彼此流血?
我做了什么?我多少产生了误解。
陷在恶灵②怒火中的你,令人难以接近,
小孩被狠狠地放在车里,你驾驶着汽车。
我们肯定想痛快地出游一天,
在海边的某个地方,一次探险——
所以你开始驾车。
　　　　　我所记得的
是我的思想活动:她会做什么蠢事。
我猛地打开车门,跳进车,坐在你身旁。
于是我们向西驶去。向西。
我记得一条条康沃尔郡的小路,
当你铁青着脸凝视时,某场非尘世的战争

---

① 普拉斯曾以同样的诗标题描写同样的事件,对休斯的外遇明确表示愤怒。休斯的这首诗是对她的那首诗所做的回应。——杰夫
② 罪人死后附在活人身上的灵魂。——译者

在遥远的雷声滚滚的天底下，处于
暂时停止而随时可能爆发的状态。
我抱着小孩，只是一路伴随你，
等待着你恢复常态。我们
试图找到海岸。你恼怒于
我们英国私人的贪心挡住了
沿海的通道，挡住了从内陆
通向大海的道路。你鄙视
肮脏的海边，当你到达那里时。
那天是属于发怒火的日子。
我在地图上一个个农场，一个个
私人的王国里查找路线。
最后找到了入口。这是五月
清新的一天。我在某处买了食物。
我们穿越了田野，空阔的
蔚蓝色大海的风迎面扑来。
一座爬满荆豆藤的悬崖，条条峡谷
荆棘丛生，栎树林立。在山崖顶下
我们发现了一个猛禽的巢穴，它
在我看来十分完美。你给小孩喂食时，
绷着你日耳曼型的脸，前额像一顶
德军头盔，令人难以捉摸。
我困惑地坐在那里。
在我的家庭剧中，我是窗外的
一只苍蝇。你一脸倦意，
却拒绝躺下来，你不喜欢躺下。

那个平坦的刮风的地质板块不是大洋。
你必须离开，于是走了。我像狗似的
跟在后面，沿着山崖顶的边缘，
在风吹动的栎树茂密的林冠上方——
我发现了一只捕兔的圈套，这是
闪光的铜丝，棕色的绳索，
人类的设计，易捕捉野兽的新装置。
你不吭一声地把它扯断，
扔进了栎树林里。

我被惊呆了。对我国众神
虔诚的我看到圈套线的神圣性
受到了亵渎。你看见表皮下充血的
僵硬手指抓住一只蓝色的大杯①。
我看见农村的贫穷正筹集便士，
在星期日炖锅里添食物。
你看见一个个无辜者被扼死，
娃娃眼凸了出来。我看见神圣的古老风俗。
你看见一个圈套又一个圈套，于是
走向前，把它们连根扯断，
扔到崖下的栎树林里。我看见你
拔掉我的传统岌岌可危的宝贵幼苗，
破除很难获得的特许权，这以土地

---

① 可能指普拉斯在临死前为她的小孩准备的盛着牛奶的牛奶杯，另外还有一盘面包。——译者

为生而免于绞刑和流放的特许①。

你大声说:"凶手们!"

你愤怒地泪流满面,

愤怒里并无关心兔子的成分。

你被关进某间单人套间喘着气,

我找不到你,听不见你说话,

更不必说不理解你。

     在那些圈套里

你抓住了某些东西。

你是不是在我身上抓住了某些东西,

夜间活动而我又不知晓的东西?

或者它是你命定的自我,你备受折磨的

呼喊着的、窒息的自我?不管是哪一种,

你诗歌的那些过于敏感的可怕手指

紧紧地捏住它,感到它活灵活现。

这些冒着热气的肠子似的一首首诗

软绵绵地来到你的手中。

---

① 休斯为英国农民捕捉野兔增加他们可怜的收入而辩护。在英国历史上,没有大地主或政府的特许,农民捕获野生动物是非法的,违法者不是被吊死,就是被流放到美国或澳大利亚。几个世纪以来,农民们进行斗争,争取打猎权,以便养家糊口。但普拉斯只看到捕捉野兔残酷的一面。——杰夫

殉夫自焚①

在你第一次死亡的神话里,
我们的神就是复活了的你自己,
你自己的新生。这神圣的一位。
我们日复一日地祈求神——
照料着你重生的白色产床,
迟迟不来的分娩,
一心一意想要的生产,
应当是此刻临盆。

我们耐心地等待。
你精疲力竭的延长的阵痛
给我们以高度的献身精神。假若
三天里由于要生产,你在你身体上
施加野蛮的动作,对着水泥墙
猛撞你的脸,让你自己死掉
(希望你死掉),你会变得怎样?

---

① 这首诗不是描写普拉斯真的生孩子的前后经过,而是反映她重做新人的愿望,以摆脱她的恐惧和暴怒的情绪。休斯和普拉斯一同千方百计地帮助治疗她的这种精神创伤,但未成功,原因是她患有精神病。——奥尔温

我们害怕

我们的新生会受损,可能在

死亡挣扎的怀孕期受到伤害。

我们的希望也是我们的恐怖。

你表现的令人悲哀的痛苦也是快乐:

你自己是母亲的角色。我是助产士。

日常生活的繁忙无非是毛巾、热水壶、

里面没有麻醉气的橡胶麻醉面罩、

你一直想得到的安慰剂,

你像吞食可卡因似的把它吞下去。

你的阵痛吓坏了你。

肚里想要出来的东西吓坏了你。

你不知道它会是什么东西——

它却是你唯一想要的东西。

一年年,一月月,一周周,夜复一夜,

我躬身在那里,仿佛俯身于书页,

哄它出世,用我的耳朵贴近你的肚皮,

倾听我们未出生的婴儿,倾听它的心跳,

减缓你的恐惧。用催眠术按摩你入睡,

对着快降落在我们草堆里的星宿低语——①

直至羊水迸发,我被感动得忘了自己。

像我抗议、抵制的那样,我被席卷在

---

① 诗人以降生在马槽草堆里的耶稣比喻他俩快出世的"婴儿",即普拉斯的新生。——译者

洪水里，一阵新神话的雷鸣。
我滚动在蛋白状黏液下面，瞥见
你阵痛的呼喊像电影里的产妇一样，
声音忽高忽低，不是伴随
滑溜溜香喷喷的新生女婴的哭声，
也不是伴随欢乐的哭泣，
而是伴随遥远的史前时期
悼亡者的尖叫。
在死后，在我们的时间之外。
印在录音带纹道里的呼喊
此时此刻无法停止。
你自己在火焰里生下了你。
我们的新生婴孩是火焰中的你自己。
那一条条火舌就是你的舌头。
我爆发过尖叫，那是火焰。
我想要说的是："这些火焰是什么？"
用我助产士的双手不是向火焰泼水，
而仅仅是扑灭尖叫的火焰，尖叫
使火焰愈烧愈旺，尖叫从火焰里滴落。
我难以回避喷射火焰的火炬。
你是火化柴堆上的孩童新娘。
你的火焰依靠盛怒、爱
和求助的呼叫而旺盛。
眼泪是引火的燃料。
我是你的丈夫，
在我们的新神话里

扮演你父亲的角色
（我俩浸在美国古老阳光的石油里，
我俩被返老还童的新生者所消耗），
不是阳光的新生婴孩，而是
黑色火焰和尖叫的大小孩
把我俩的氧气吸光。

蜂　神[①]

当你要蜜蜂时,我从没梦想到
这意味着你的爹爹从那井里上来了。

我清除你画的蜂群,你把蜂画成白色,
伴有紫红色心形、花和蓝鸟。

所以你成了蜜蜂
修道院的女院长。

但当你穿上白礼服,罩上面纱,
戴上手套时,我从不认为是一场婚礼。

那年五月,那年夏天,在果园里,
热烈的迎风飘动树叶的栗树倾向我们,

它们又戴着手套的大手馈赠礼品
我却不知道如何去接受。

[①] 指普拉斯的父亲,他是研究蜜蜂的专家。普拉斯在结婚期间养了一箱蜜蜂,并且写了一系列有关蜜蜂的诗篇。——杰夫

但你俯首于你的蜜蜂，
如同俯首于你的爹爹。

你的书页是一群暗色的蜜蜂
叮在阳光照耀的花朵下面。

你和你的爹爹在花的中间，
掂量着你细嫩的颈子。

我知道我给了你一些东西
它在蜜蜂嗡嗡声①中使你进入了遐思——

你的新自我的雷暴云砧
吹拂你金色的长发。

你不要我去，但你的蜜蜂
有它们自己的思想。

你想要蜂蜜，想要那些饱含初乳似的
大朵大朵的花，想要婴儿似的水果。

但蜜蜂按严格的命令和秩序行事——

---

① 原文gutturals指颚音，暗指德国人讲话时的粗声粗气，如同大群蜜蜂的嗡嗡声。——奥尔温

你爹爹的计划是普鲁士式的。

当第一只蜜蜂接触我的头发时
你窥视着雷鸣似的蜂房。

那只侦察蜂对准目标
纠缠着,搏斗着,叮蜇着。

当蜜蜂们在它们攻击的目标上
植入它们哧哧作响的电极,加上电压时,

我像一只头上中弹的长耳大野兔
被扔了出去,穿过阳光下嗡嗡叫的追踪者。

你的面色表明要把我从
预设的境况里救出来。

你冲向我,脱掉了你梦中戴的面纱
你防鬼的手套,但当我

站在我认为安全的地方时
你从我的头发里抓出

许多黏黏的破肚的蜜蜂,
一只孤蜂犹如一支乱窜的飞箭,

飞上屋顶,又俯冲了下来
叮住我的眉毛,呼喊着它的帮手,

它们应声而来——
它们是上帝(蜜蜂上帝)的狂徒,

决不听你的恳求,把你的恳求
当作固定在井底里的星星。

像基督那样

你不想像基督那样。虽说你的父亲
就是你的上帝而再无他人,但你不想
像基督那样。虽然你漫步在对你父亲的
爱里。虽然你直盯你形同陌生人的母亲。
她和你有何关系,除了
把你从你的父亲那里吸引过来?
当她的厚眼睑下垂,
与眼袋靠得很近①,预示世人时,
你见到了自己的命运,
于是你大声地说:
"退我后边去吧!"②你不想
像基督那样。你却要
同你的父亲在一起,
不管他在哪里。你的肉体
阻挡了你去他那里的通道。
你的家庭(是你的血肉关系)

---

① 普拉斯的母亲(奥里莉亚)的眼睑很厚。——奥尔温
② 《新约·马太福音》(16:23)讲到彼得劝耶稣别去耶路撒冷,耶稣却对彼得说:"撒旦,退我后边去吧!你是绊我脚的,因为你不体贴神的意思,只体贴人的意思。"——译者

使你到父亲那里变得困难。
这位神若不是你父亲，
那就是冒牌神。但你不想
像基督那样。

海 滩

你像十一月迁徙的鳗鱼，扭动身子，想挣脱出来。
你需要大海。我对英格兰西南部海滩的了解
不如你那么多。我说过，我们
被壮丽的海滩包围。你见过悬崖峭壁——
哈特兰附近倾斜的山谷，在那里我们摘过黑莓，
那是你与你兄弟在一起的第一周，你感到
欣喜若狂而又精神恍惚。但这时
你需要去海滩，如同你需要麻醉剂一样。
你的回头浪的撤退模糊了你的眼，呛住了你。
它使黑暗变得更黑暗。英国是如此污秽！
只有大海能冲洗它。你的海盐将擦净你。
你要冲洗，擦净，晒太阳。
那"头脑里的钻石"——
数英里诺塞特拍岸的海浪[1]
闪烁着耀眼的光，传来巨雷似的轰鸣。
泥沼里的一只只鲨和饼海胆。

---

[1] 诺塞特是美国麻省科德角（Cape Cod）的一片海滩。休斯和普拉斯在美国时有两个夏天的部分时间是在那儿度过的。"头脑里的钻石"似指对那段美好时光的珍贵记忆。——杰夫

你像需要氧气似的需要美国的早夏，
你自己被晒黑——不知怎么的，某种先兆
出现在错的地方。英国是如此贫穷！
黑漆是不是更便宜？为什么
英国的汽车全是黑色——为了掩盖肮脏？
或者如同戴圆顶黑礼帽、手拿洋伞，
摆出一副体面的模样？每一辆车
都是一口棺材。汽车队列是维多利亚的
永久送葬的星期天之肃穆的遗留物——
色彩、光和生命的葬礼！
伦敦是昏暗的陈尸所——英国式的昏暗。
我们独有的本地艺术形式——沮丧主义！
为什么每个人的服装有意搞得脏兮兮？
邋遢相，像是伪装？我说：
"天哪！我们从来没有从我们的
散兵坑、战壕、疲劳和防空洞中恢复过来。"

然而，我记得从伊丽莎白女王号轮船甲板上
首次惊奇地看到汽车绕着曼哈顿岛边缘飞驰——
一辆辆五颜六色的美国汽车在旋转。
处处是大朵的自由之花！
进入视线的是光的蜂鸟！
于是，从战时蛰居引起僵持的
不可思议的耻辱之痛约束中解脱了，
摆脱我功利性的积习——与复员军人素质
伴随的愚蠢自豪感所造成的损失，处于

海滩 203

一种没完全回到现实世界的恢复期。

此刻我要给你展示这样的海滩
将在你头脑里镶上另一颗钻石,
像最轻微的触电鼓舞起你的精神
进入另一个英格兰——阿瓦隆岛,
我有与它联系的电波波长,它是一粒
深埋在我头脑里小小的水晶。

为了某种原因,我曾专注于乌拉坎贝沙滩,
见到过那里一英里雾气里的拍岸浪花,
那只是从巴格岬隔海湾而望,
那里,天上游隼翱翔,水下鲨鱼游弋,
海豹蹒跚而来,波光粼粼的大海颠簸着,
滚动着,卷起朵朵浪花,嵌进
崖顶植物群精心制作的编织物——
希利亚德[①]微型画精彩的原型。

这一天的晚些时候,你的危机发生了。
我们到达那里时已是黄昏,在十一月倾盆大雨中
驾驶了一个小时,车窗玻璃蒙上了水汽,
一辆辆黑色的汽车穿越水坑时激起雨水飞溅。
雨已停了。其他的三四辆车
等待远处穿着邋遢的行人过路。

---

① 尼古拉斯·希利亚德(1547—1619),英国微型画家。——译者

一个停车处的街灯照出糟糕的整个场景。
雨后的大海靠近了，一副呆相，
毫无美景可言。西面海面上的蓝黑色云堆
慢慢地塌陷下来，如同无屋顶的废墟里
熄灭的炉渣上立着一只冷却的火炉，
使人感到不快。你拒绝走出汽车。
你坐着，好像戴了难以接近的假面具，
直瞪瞪地盯着使你失望的大海。
我走到水边。沉闷的海浪试图抬起身子，
又突然扑倒。接着一阵微弱的嘶嘶声
卷起黑色的油泡，向朦胧的废弃物涌去。

这是炫目的诺塞特的背面。
跌倒的大海的梦幻面孔朝下，如同
一块硬币翻转了过去。此处，
在我脚旁，在海水泡沫里，
另外真实的一面仰视着上空。

做梦者

我们没有发现她①,她却发现了我们。
她嗅出了我们。她带着的命运嗅出了
我们,并且把我们集合在一起,集拢
迟钝的成分用作它的试验。她带着的传说
征用了你、我和她,把我们
用作它表演的木偶。

她迷住了你。她的眼神抚爱你,
对着你化为亮晶晶的泪光。暗中
潜流着她日耳曼的血液
在她肯辛顿珠宝商的雄辩术里②
是你古代黑林山的低语——话音里
带有油腻的死亡集中营的煤烟气味。
当她突然转动眼珠,瞪着大眼,
窒息而死时,她吓坏了你。
这是她虚假的惊讶。但通过她,

---

① 一种纠缠休斯和普拉斯生活的"幽灵",普拉斯在她的《爹爹》《拉撒路女士》等后期诗篇里常有描述。具体是指阿西娅·魏韦尔,犹太姑娘。她从小逃离俄国,讲德语,长得漂亮,普拉斯对她既羡慕又讨厌。——奥尔温
② 比喻她讲英语很优美。——奥尔温

206　生日信

你看到被上吊的女人们噎住时呆愣的表情,
当她听着,模模糊糊地望着你时,
她那稍稍不自然的黑圈灰色虹膜
是黑林山的狼,格林童话里巫婆的女儿。

你谨慎地培养她,培养她的
犹太人性格,多血统的美丽,
仿佛你梦见你梦中的自我站在那里,
是闪光的黑色,欧洲神秘的宝石。
从你台灯灯光的边上显现一个人影。
这个多次流产的莉莉丝[①]是谁?
她用涂得像老虎爪似的指甲
触摸着你小孩的头发。
她的言语有着哈罗德商店的精明,
希特勒的残缺[②],
一直伴随着你在洋葱地里除杂草。[③]
她是一位前犹太纳粹青年团团员。
她的父亲是莫斯科大剧院芭蕾舞团的医生。

---

① 犹太民间传说中的女妖,她的名字和个性起源于美索不达米亚被称为精灵的妖魔。多种版本的著作对夜妖的说法不一。一说亚当与夏娃离异,娶夜妖而生群魔;一说夜妖是亚当第一个妻子,因性情不合而离。据说三个天使力促她悔过而未果。对夜妖的崇拜在一些犹太人之中一直保持到公元七世纪。据奥尔温说,这里指阿西娅,她曾流产数次。——译者
② 哈罗德指伦敦的一家精明的商店。这一句的意思是阿西娅·魏韦尔讲的英语虽优美,但稍稍带有小时候讲德语留下的德国腔。——奥尔温
③ 周末,阿西娅·魏韦尔及其丈夫来访时,普拉斯在洋葱地里除杂草,阿西娅一面帮她除草,一面和她聊天。——奥尔温

她也孤弱无助。
我们当中谁也不能醒来。
噩梦向外看着罂粟花。
她染着灰湿的睫毛坐在那里,
穿一身火黄的绸衣,戴着金手镯,
一副带有神秘色情的脏相——
一个德国、俄国、以色列的杂种,
透过蒙古人似的黑发
露出精灵似的凝视。

她在我们屋里一夜之后,她给我们
说了她的梦。一条巨大的鱼——狗鱼
有着金色的圆眼,在那眼睛里
有一个人的胎儿搏动着——
你感到惊奇,也许是妒忌。

我拒绝解释。我见到
她内心的做梦者
已爱上了我,而她却不知道。
在我内心的做梦者
爱上她的那一刻我就知道了。

神　话

　　四十九是你的魔机数①。
　　这个四十九，那个四十九。
　　你的巍峨宫殿的四十八扇门可以被打开。
　　一旦你每夜出去，我便有
　　四十八个房间供我选择。
　　但你持有第四十九间房的钥匙。
　　有一天，我们会共同开那间房。

　　你走了，飘拂着闪亮的头发，
　　投入了深渊。每夜都如此。
　　你吃人的妖魔情人
　　白天在死亡里将息，
　　在闪烁的星空下的深渊里等待。
　　我有四十八把钥匙，四十八扇门，四十八间房
　　可供我支配。在你所有早期的
　　情人之中，你的吃人妖魔
　　却拥有这全部的房间，在一具
　　伏都教教徒的死尸里贪婪地吃着。

---

① 体育联赛中确保领先队稳夺冠军的预测数。——译者

你从来没有在你秘密的日记里透露过
有多少，谁，何地，何时。
只有亮如火山的一个
在夜里走了。
但我从未望一眼，没看到过
他的模拟像燃烧在你的眼泪里
如同燃烧着的柏油。
它像睡着的孩子的夜灯
安抚你的世界。同时，
那个吃人妖魔太过分，
仿佛你每天夜晚死去同他在一起，
仿佛你飞进了死亡。
你的夜晚也因此进入了死亡。
白天，你面带微笑倾听我描述
四十八间房中的这一间或那一间的怪事。
你的快乐使床铺变得柔软。
一个神话？是的。

直至有一天你在睡梦中呼叫了出来
（你认为：不，这不是我，
是你。）是你呼叫出
你对那吃人妖魔的相思病，
你呻吟中的要求。

我毛骨悚然，听到它响彻
我们宫殿的所有回廊——

直耸翱翔的鹰群之间。
直至我听到你的呼叫
扑在第四十九间房门上，
好像我肋间的心脏搏动。
一个骇人的声音，
它扑在那扇门上，如同
我的心脏要跳出体外。

在刚来这里的第二天晚上
（在你投入深渊，发现
那双手臂又从死亡里
向你伸来之后），我发现了那扇门。
我感到我肋间的心刺痛。
我用一片草叶打开第四十九扇门。
你从不知道我在一片草叶里
发现了怎样的一把
骷髅制作的钥匙。
我走了进去。

那吃人妖魔忽地穿越墙壁，
扑入他的深渊时，他的怒吼
震动了第四十九间房。当我
跨过你的尸体，同他一起
跌入他的深渊时，
我瞥见了他。

乌　鸫

你是你的凶手的监狱看守——
　　他把你禁闭了起来。
而既然我是你的护士和保护者,
　　你的判刑也是我的判刑。

你玩弄安全感。当我喂你时,
　　你吃着喝着吞咽着,
从你的眼睑下,对我投以有睡意的眼神
　　如同一个吸奶的婴儿。

通过锁眼,看到你在土牢里
　　喂着你的犯人的盛怒——
一个单跳,你蹦上了
　　盘绕的昏暗的楼梯井。

一张张罂粟红的大脸显得激动异常,
　　嘴巴啄着窗户。"你瞧!"
你用手一指,一只乌鸫从虫洞里
　　正使劲地拽一条蠕虫。

草坪平展，如同监狱记录本上
　　有待书写的纸页。
谁去写，在上面写什么，
　　我从未考虑过。

一只沉默的鸟用它魔鬼的尖头
　　屈身顶着炉门，
原来是一支笔，书写着
　　错就是对，对就是错。

图　腾[1]

对于一切不论是避开还是吸引[2]，
你处处画上小小的心形图。
你没有其他的标识语。
这是你的圣物。有时候
你在心形图的四周画上花圈，是长了
八年的花，有花朵、绿叶、黄瓣。
有时候，在一侧画上一只
八岁的蓝鸟。但大多数情况下，
画的是一颗心。或干脆就是一颗红心。

你把那面大镜的镜框漆成黑色——
然后，在黑色镜框上，画了一颗颗心。
你的黑色辛格牌旧缝纫机上——
一颗颗心。
黑底衬红，像一盏盏小灯。

---

[1] 普拉斯于1963年1月28日写了一首标题相同的诗。——译者
[2] 指普拉斯父亲死后的阴影一直缠着她，使她处于痛苦的精神状态之下。——奥尔温

在我为玩偶做的摇篮上,你画了
一颗颗心。
在你的儿子进出的门槛上,你画了
一颗心——
黑底衬红,像一摊血。

这颗心是你的护符,你的魔术。
如同基督教徒有他们的十字架,
你有你的心形图。君士坦丁
有他的十字架,你有你的心形图。
你的魔仆。你的守护天使。你的灵奴。

但当你扑进你的守护天使的怀里
寻找安全处时,你扑进去的却是
你灵奴的胸脯。她像有占有欲的
母鱼,太急于保护你,
以至于吞下了你。

如今人们发现的一切
是你心脏颜色的书——你魔仆的
空面具。是张开双臂,仿佛拥抱你,
结果却把你吞掉的那个魔鬼的
面具。

你处处画的一颗颗小小的心
尚在,如同你惊恐的痕迹,

伤口溅出来的斑点,

那个捉你吃你的妖魔的
足迹。

抢劫我自己①

我在雪地——压紧的雪地
坚硬而平滑的薄冰层公路上，
A30号公路②上滑行二百英里来了，
这条熟悉的道路很不正常，
一条受天灾之后
回到我自身的道路——
这最糟的雪冻结了十五年，
在堕落的天堂之上，每小时滑行二十英里。

在十二月蓝色的黄昏里，
我来到屋前③。
光线的亮度足以使我用叉去取
我贮藏的土豆，把它们从我用稻草
细心衬垫的土堆里翻出来。

---

① 普拉斯和休斯分居之后，普拉斯住在伦敦。普拉斯曾经要求休斯回到德文郡乡下住房里取回土豆和苹果过冬。于是休斯开车回到已不是他的家的住房取土豆和苹果，他感到自己好像是抢劫别人家的东西。——奥尔温
② 英国的主要公路之一，在伦敦与休斯的乡间住地德文郡之间。——杰夫
③ 指休斯在德文郡的乡间住宅。他与普拉斯在此共同生活了大约一年时间。——译者

我掀开上面堆了雪的罩盖。
稻草里土豆似乎很温暖。
它们散发出我埋进去的希望的甜香。
这是一个秘密的窝,孵着我来年的蛋,
如同我的圆滚滚的小狗,我秘密的家庭,
沾着泥巴的小胎儿,小小的拳头,
紧锁的眉毛和土地沉睡中散发出的
陈腐的、新鲜的气味。

我在光线昏暗的外屋里,
挑拣我的苹果,维多利亚苹果,
猪鼻子苹果,绿色大苹果。
不管发生什么事,我春天的祝愿
依然生效,我夏天的庄稼未受损。
我为你装了
一大袋土豆和一大袋苹果。
我检查了积满灰尘的厩楼里的
唐菖蒲球茎,它们在干破布里冬眠
(我不知道它们正冻得要死)。

然后我轻轻地走进屋里。你决不知道
我是如何倾听我们外出后发生的情况,
探察有无怪异的来犯者,在有嵌饰的走廊里,
在雪照的薄暮中,我不习惯地探视着。
这清晰而柔和的黄昏像是黑色的宝石。
前屋,我们红色的卧室,里面有

白漆的书架、耐心的书本、我花了
六英镑购置的摇晃的胡桃木书桌、花了
五先令买的用马鬃填塞的维多利亚式椅子,
都在等待我们的来临。多么的奇怪!
我们的红色瀑布般的楼梯地毯,在我们的
初会里,朝上伸向十二世纪寂静的门洞①,
——种我们很难打扰的寂静。
在楼梯底和厚雪重压的屋下倾听,
好像倾听未出生的婴儿睡着的脑生命②。

这屋对我来说重新显得宝贵,这是
因为你独自在这里住了最后几个星期,
因为你曾在这里哭泣过。但它在十二月的薄暮中,
有着宜人的清洁,密封得如同保险箱里的
一只呢绒首饰盒。透过窗外过冬的树枝,瞥见
一扇扇沾有污斑的教堂窗户里透出的灯光,
仿佛夕阳正降落在这座教堂里。③

当我把房门关好时,
我侧耳倾听着(我接着还有
十二个小时在冰雪上爬行)。

---

① 这座老屋建造于十二世纪。——奥尔温
② 脑生命指神经生物学测试中显示的大脑或神经中枢发挥功能的本领。——译者。
③ 休斯原来的德文郡住房与教堂只有一个果园之隔。休斯这时站在房里,透过窗户,从过冬的果树枝条之间,看到灯光闪亮的教堂。——奥尔温

通过锁眼，朝我黑暗的寂静的保险箱
张望了片刻，我（不知道）
已经失落了里面的宝贝。

血统和天真[1]

1

在荒野里,

在刺槐与蜂蜜之间[2],

他们要你的性命。"啊,没问题,"

你说,"如果那就是你们所要的。"

于是,你把它给了他们。

你的电刑,连同所有弯弯曲曲的电线。

你好像是在沙漠里的圣安东尼,

处在被魔鬼缠住的糟糕时刻。长笛似的灵魂

如同被万针刺戳——竹子似的爆破。

电极在你的金发下面

咝咝作响——你的微笑里

带有些许的紧张。他们挥舞探针,

把它拔出来,放进他们的洞穴。[3]

---

[1] 该诗一方面说明普拉斯生性天真,脾气也好,希望自己乐于助人,讨喜,但另一方面她对父亲的爱、对母亲的恨一直困扰她一生,这在她的诗集《爱丽尔》(1965年)里有充分的揭示。——奥尔温

[2] 前者代表普拉斯的母亲,她的内心创伤;后者代表她的父亲,她对美好生活的希望。——奥尔温

[3] 第一节描写普拉斯第一次未遂的自杀和她接下来接受电休克治疗。——奥尔温

他们回来了，要另外的那一个——
你说："啊，没问题，
事实上更容易。"你自己
是一头被弗兰肯斯坦①创造的怪物，
膝盖僵硬，杀母者，肿胀的石膏面具，
一副像贝多芬的面具②。放大的大拇指
在她喉结下，她的舌头有一英尺长——
她自己是模样像你的玩偶，
你的天国池塘边的枫树上的挂饰。
但你自己又成了婴孩，又出生了，
不是从母亲的血也不是从耶稣的血中生出——
只是在你自己的血中洗净和重生。

不，这些都不是他们要的。他们要
那另外的一个。为什么这次
你没说："啊，没问题？"
爹爹被挖掘出来了。九岁时的哀号
在成熟的年龄表达出来了③，
缠绕着他的一只好脚踝的是
一根车绳，正把他拽向亮处。④

---

① 一个创造怪物而最后被它毁灭的医学研究者，是英国女作家玛丽·雪莱于1818年所著同名小说里的主角。——译者
② 在西方，从前人们用石膏为刚死的人脸上做面具。——杰夫
③ 指普拉斯小时候对父亲死亡的哀伤到了二十年之后在她的《爱丽尔》里得到了充分的表达。——奥尔温
④ 普拉斯的父亲死时，她刚八岁，休斯以为她那时是九岁。普拉斯的父亲死于坏疽病，一只脚被锯掉，只剩下一条好腿。休斯批评普拉斯过于把个人的生活经历暴露于众。——杰夫

在沼泽地里响起马蹄飞奔似的隆隆声——
伴随哀号的是
托尔①粗重的声音。

托尔的声音本身,
在爹爹的尸体上重锤似的敲击着,
报复二十年来的被遗弃,
为幼时哭出的德国声复仇——

他们异常高兴,笑嘻嘻地
争吵着,把它拽进荆棘里。
"怎么样,那个行吗?"
你问道。你四下环视,想从
那些索求的嘴巴里
得到某种认可

在装饰阔气的戏院里
突然变得空无一人
除了一张张脸一张张脸一张张脸

一张张妈咪爹爹妈咪爹爹的脸——
爹爹爹爹爹爹爹爹
妈咪妈咪的脸

---

① 北欧神话里的雷神。——译者

代价昂贵的话

摩天大楼之间曼哈顿的满月
禁止它[1]。
新月,她全家的各个月相,
管理着从升至降的光束,
禁止它。

甚至远在阿拉斯加的海狸
远涉重洋来看你的儿子
在下滑的德希卡河[2]上做奇怪的动作,
禁止它。
约塞米蒂[3]在地上最古老的根,
一个个尖岩,是硬石,
伸到你女儿的书页上,连同署名。

---

[1] "禁止它"中的"它"指《爱丽尔》的整个主题,即普拉斯把母亲、父亲和丈夫写进诗里,让她的母亲和丈夫感到极大的痛苦。对不了解她受损的心理的读者而言,她是一位女英雄,她的父亲、母亲和丈夫应当受到责怪。休斯在诗中提到的一切情况,普拉斯心理健全的一面能乐意接受,但她心理受损的一面却写了《爱丽尔》这本诗集,而编辑们则使它耸人听闻。所谓禁止,即禁止她写那些有损于她父母和丈夫的诗。——奥尔温
[2] 阿拉斯加的一条河流。——译者
[3] 美国加州的一个风景区。——译者

怀俄明州的每只草原犬鼠
不管它吃不吃你扔出去的葡萄,
禁止它。
从黄石公园沸腾的汤泉冒出来的气泡
禁止它。气泡把它们禁止的声轨
复制在你的快照上。甚至庞恰特雷恩河里
迟钝的鱼游到你游泳时的身旁
也禁止它。夜复一夜。
诺塞特海滩在睡眠中呻吟,咕哝着,
张合着嘴巴,禁止它——波及数英里的战栗
传出雷鸣般的否决。
从遥远的地方,你祖母的
结婚照赶紧来禁止它。

正如你自己的话
不可挽回地被传给你的兄弟时,
人质保证人,
和我自己轻飘飘的话,为尽责
被征召而来,
禁止它,禁止它。

这一切都是单纯的卫士,都打着呵欠,
毫无所知你的左手在镜子中
如何对着右手写字,
你的一半羞愧,你的一半微笑。

毫无所知机会的不可思议之变化，
毫无所知编辑们的视觉神经之
兴奋与抑制。毫无所知
美国版权法的锁中的制栓，
你已死的手指灵巧地打开的栓。

题　词[1]

雪块堆积在街上。肮脏食糖似的雪
冻结了的灰色路障。严酷的
寒冷。寒冷的早晨里，
他的套房沐浴在朝阳的亮光之中，
脏兮兮地坐落在索霍区。照在砖墙上的亮光。
早晨的亮光。货物卸完后的松快。
装货箱空了，轻松了。破冰船，
她的船头已经伸出了，失踪的物资
在她的掌握之中。噼噼啪啪地穿越
冻结的大海，她在冰冻的未封的水面
飞快地靠近了。原来他在此地。
她得到了她所要的——见到
他最后登上的小岛、礁或山岩。
她打量四面的墙壁和每个角落，如同
新家里的一条狗，看到了
一只耗子消失了，它嗅出了耗子。

---

[1] 休斯离开普拉斯之后，住进伦敦索霍区的一个套间房。在一个严寒的日子，普拉斯从德文郡乡下住宅赶来与休斯讲和，展开了对话。但当她翻阅到他的莎士比亚戏剧集上有阿西娅——她的竞争对手——的题词时，她抑制了内心的痛苦，最后决定分手，从此失去了和解的机会。——奥尔温

是的,他的床在那里,还有他的电话机。
她有那部电话的号码。最主要的是,
她要他的保证,流着泪乞求
他信任她的保证。是的,是的。
告诉我今年夏天我们将一同坐在
金链花下。是的,他说,是的是的是的。
这金链花垂死在青灰色的黄昏里,
像一具全身穿着黄色衣服的死尸。
金链花的巨钟指针停在正午,
敲响正午正午正午的时刻——
她意指的是什么样的忠诚?是的,
他有忠诚。他答应了她所要的一切,
她告诉他她所要的一切是
让他滚出这个国家,消失不见。
我将做你要我做的一切。但你要哪一种?
下周一同去英格兰北部,
或让我从地球上消失?
她流着泪,乞求得到重新保证——他应当
信任她,而当他应当抓牢那个忠诚时,
他却退缩了:"你喜欢和我在一起,
就和我在一起。我是你的包裹。
我只有我们的地址在我身上。
打开我,或者在我身上重写地址。"然后
她看到了他的莎士比亚全集。
当幸福无懈可击时,她曾经把
牛津版红封面的莎士比亚全集撕破。

此刻它又引起了她的注意。她感到惊异,
用难以置信的手指打开了书页,
读到了书上的题词。她把书合拢了,
好像是中了致命的子弹,没有踉跄,
一直大步向前奔跑的动物。她又开始
乞求那个重新保证,而他一再一再一再
给了重新保证,给了她所不要的,或者
给了她确实需要而又不再可能接受的,或者
用无助的手不可能再打开的保证①,
当她躲避他时,她
不让他看她给自己带来的伤口,
当她打击他而给她自己带来伤口时,
这就使她双手失去力量去
抓住他以便挡住她的讲话
凭空造成的激烈震荡,那致命地
穿过了她又打击了他的震荡。

---

① 这保证如同礼品盒或礼品盒,普拉斯这时已无法像打开礼品包或礼品盒似的接受休斯的保证了。——奥尔温

夜骑爱丽尔马①

你的月亮②里全是女人。
在你床上方的月娘,
蒂罗尔③的月亮,粗声粗气的月亮,
低声哀痛着,重新改造着她自己。
在她心目中总是星期一。
普劳蒂④在那里,是温柔而轻快的月亮,
她那一束束如此优雅的光芒
把昂贵的光彩
注入灰姑娘的体内。博切尔⑤,
给人做肢解而后让人复活的月亮,她在
工作室的地板上找到足够的零件
填补你原来的皮肤,使你走进

---

① 爱丽尔是普拉斯住在德文郡期间饲养的一匹马的名字。在西方的文化传统里,巫婆在夜晚骑马出行。——杰夫
② 月亮是常常出现在普拉斯的诗篇中的形象之一,代表对她产生影响的年长的妇女。在《月亮与紫杉》一诗中,普拉斯把她的母亲比喻为月亮。——奥尔温
③ 在中南欧的一个地区。——译者
④ 普拉斯在美国史密斯学院求学时的资助人。她的全名是奥利夫·希金斯·普劳蒂。——杰夫
⑤ 全名是罗丝·博切尔。她是普拉斯在麦克莱恩医院看病时的治疗专家。1953年普拉斯自杀未遂后,博切尔医生为她医治。1958—1959年,普拉斯和休斯住在波士顿期间,普拉斯又去请博切尔为她看病。——杰夫

星期二。玛丽·艾伦·蔡斯①,
如银色光轮般闪亮,蛋圆的眼睛半张半闭,
这月亮猫头鹰,甚至在英国
找到了你,把你从我的窝里拽出来,
把你拽回史密斯学院,一路拽着你,
你的脚趾拖在大西洋里。

      你的
内心忧郁外表优雅的教母月亮
有着各种月相。母亲正使你跳舞,
而她有吸引力的眼光
盯着你爹爹的棺材
(在家庭影片里可以看到)。普劳蒂
指示着你赤着流血的脚走到
满地碎玻璃的舞厅。博切尔
提着木偶的绳子,操纵你
以华尔兹舞步走出你神秘的坟墓,
进入空中,在你真坟裂口上方的
绷索上,与你爹爹的尸骨跳快步舞。
麻省的玛丽·艾伦·月亮②
用她声音和谐的起钉爪敲你,
把你塞入月光的沙漏里,连同它的

---

① 美国著名作家和教育家,在史密斯学院执教多年。是普拉斯的主要资助者,曾为普拉斯争取到去剑桥大学进修的富布莱特奖学金。——杰夫
② 即前面提到的玛丽·艾伦·蔡斯,这是诗人在玩弄辞藻。美国人也有姓Moon(月亮)的,中文译为穆恩。因为该诗写的是骑马夜游,故休斯把她的姓写成月亮,给人的联想是:在月下活动的人均是巫婆。——译者

像从月经伤口里流出的沙子似的月影。
她把你支撑在斜面的讲台上,
作为演讲定时器。①
　　　　月亮的白面孔
闪着执行电刑似的白炽光亮——
满月或超满月或空月的面具
焊接着颠倒你的心,耗尽你的心血。
当你飞翔时,她们纷纷用
这样那样的忠告干扰你所有的波长,
噼噼啪啪地拖着黑影
笼罩在你减弱的飞翔的上空,当你
接近太阳时,用这种方式或那种方式
拽住你的头——直至
在你的拳头里剩下破晓后的
最后一片碎片——

那个星期一。②

---

① 此处是超现实的景象:玛丽·艾伦·蔡斯像女巫似的把普拉斯塞入计时的月光沙漏里,然后把这沙漏作为演讲定时器,放在她的讲台上。以下的诗行也是描写超现实的情景。——译者
② 从"她们纷纷"开始到最后,这几行诗指这些月亮似的女人给她写的矛盾百出的、对她有害的忠告信,即休斯离开她之后,她们给她写的忠告信。"噼噼啪啪地拖着黑影"这一行是对普拉斯最后一首诗《边缘》(Edge, 1963年)最后四行的回应。——奥尔温

结　局

太多的阿尔法A①。太多。甚至因A
而中暑。眼睛痛，头痛，痛痛痛，
啊，讨厌的A。你取得优异成绩A，
最后垮在A上。你摇动
你牙齿间的避雷导线——
所有高空广告牌上都记录了A。
你从A里钻了出来，寻找退路。
下到地下室。在黑暗中
你双眼紧闭，
你里里外外搜索你的母亲，
如同撕扯羽毛枕，
披着满身的A走过来。
你像侏儒怪②那样地

---

① 原文Alpha，希腊语二十四个字母中的第一个。在学校里表示最好的成绩就是A。普拉斯从小到大，样样走在前面，获得最优秀的成绩，获得表面上的成功（其象征便是A），包括在学校学习、交男友、第一次企图自杀都得到大众的关心，甚至最后的自杀和遗作都使她大名鼎鼎，她想要摆脱也摆脱不了。——奥尔温

② 德国民间故事中的侏儒状妖怪，为救王子的新娘同意把亚麻纺成金子，条件是得到新娘的第一个孩子，除非其名字被新娘猜中。结果新娘猜中其名，妖怪自杀。——译者

在你爹爹的棺材上跺脚,不停地
跺脚,整个乐队奏起了A。
整个露天剧场的观众
吼叫着A,掌声里全是A。
你狙击着一只只乒乓球,狙击着
一个个跨越喷泉慢跑的男友,
瞪大牛眼似的眼睛,瞄准一长排A。
赢得了一个留有金丝发的塑料大A。
你用厨房凳子向她猛掷,嘀嗒声中
跌出了一个A。你逃跑的脚后跟的血印
在街道的雪地上留下了A。
　　　　　不管怎样,
在失去A的复仇女神的任何地方
你在字母表的每个字母下面爬着,
或者跳过每个字母,冲出
最后一个字母欧米伽①,
　　　　　　　跌入
闪闪发光的A的世界里。

---

① 二十四个希腊语字母中的最后一个字母 Ω,意为终止,结局。普拉斯拼命寻找事物的最终答案,要问这些最终的问题,这就逼得她发疯,在每个字母下面爬着,而这些问题像复仇女神一样始终追随着她。——杰夫
又,这也是标题的含意。——译者

巴西利亚①

你戴着钢盔
回来了。我们无可奈何地
被拽进法庭,你的竞争场所,
一片窒息的肃静。
恐惧的傻笑
和背脊上的汗珠。
你讲了
三句话。寂静中
没有一声低语。
你了不起的恋人讲了话。
只有最可怕的罪行
才能把劈下来的闪电之刃
压住。所有的人
感到眼花缭乱,
在迷幻状态中咳嗽着。

---

① 巴西的首都,1960年在废墟上建筑起来的一座城市,以建造一个理想的城市的错误想法而著称,结果很少人喜欢住在这里。——杰夫
又,这首诗指普拉斯在她的诗集《爱丽尔》里丑化父亲、母亲和丈夫,仿佛使他们受到想象中的法庭审判,都被一一斩首。换言之,由于他们被普拉斯抹黑,女权主义者们便来进行这样的审判。——奥尔温

连一条条狗都被惊呆。
同样的突发
把你攫入天堂。
古罗马竞技场的一些男仆
抬出你父亲的尸体。①
其中一个男仆提着他的头颅。
你的母亲站着,令人
感到大为惊奇的是,
她摇摇晃晃地走出来,
手里提着她自己的头颅。
其他的侍者扛着我的尸体,
提着我的头颅。

从此每一天,在你的整个王国,
慈母般的幽灵,
在被科尔特斯②结果之前,
夜里号啕于
特诺奇蒂特兰城③的条条街道。
在他们的柱基上,你的模拟像
恸哭至泪干。你在书本中的
一张张照片欲哭无泪。

---

① 在古罗马的体育场上,斗士们战斗到死,于是一些男仆把尸体拽走。——杰夫
② 科尔特斯(1485—1547),西班牙殖民者,1518年率探险队前往美洲大陆开辟新殖民地,1523年征服墨西哥。——译者
③ 系中世纪墨西哥阿兹特克人的活动中心,建于1325年,今为墨西哥城。——译者

铜塑像[1]

爹爹回来听你说
你反对他的话。他
难以相信。如果你
不尾随他的蜜蜂的话,
你从哪里获得那些话语?
对其他人来说,这是蜜。
对他来说,则是通过勃鲁盖尔[2]之手
在佩内明德[3]改制的丘比特之弓。
他因无重量而无助,无生命而无声,
得听着这一切像箭似的穿透他的头脑,
得忍受的不是穿入他心脏的尖刺,而是竖在
广场上的树桩,赤条条地被绑在桩上,

---

[1] 在休斯的想象中,普拉斯用她的诗篇塑造了一座她父亲的巨型铜像,立在广场上。她用恶毒话语的箭射着她父亲的铜像,从铜像上流出来的血其实是她的血,她承受着伤痛。这首诗的主题是前一首诗《巴西利亚》主题的延伸。——奥尔温
[2] 佛兰德斯画家。——译者
[3] 德国东北部一岛屿上的一个村庄,这里制造火箭,特别是 V-1 和 V-2 飞弹在二战结束前使英国人感到惊恐。——杰夫

浑身是不朽诗歌的铜铸造的箭。①

因此你解脱的呼喊
体现在他牺牲的沉默里。
钉在他身上的每支箭
是你星座里的星。
这伤痕累累的矮壮大块头——
他整个变形的塑像
像一片碎弹片
悄然离开你的旧伤口。
被你的身体所排斥。爹爹
不再被忍受。你的话
如同吞噬细胞,伴随剧痛的呼叫
消灭你。治愈后的你
从你受伤的纪念碑般不朽的形体里
消失了:你爹爹的身体
刺满了你的箭,虽然
流的是你的血,血迹却干在
他的身上。

---

① 休斯指普拉斯在她的《爹爹》这首诗里严厉批评她的父亲,其言辞之激烈,如同对他射去一支支箭,而他已死,无反驳能力,只能忍受女儿的抨击。——杰夫

会讲话的玩偶[1]

我们用身体相互紧搂着,
　　跌成一团。
你的玩偶在黑暗的卧室里醒了,
　　她的尖叫像抽来的鞭子。

你的双臂搂住我的脖子,
　　我在满是棘刺的林子里奔跑。
你的玩偶跟在我们身后,对着世界尖叫。
　　爹爹不是好人。

你贴紧我的胸脯哭泣。
　　我在结冰的河里跋涉。
你的玩偶展出了你的妈咪——
　　北海的巨妖。

当你躺在床上时,

---

[1] 这首诗描写了性格分裂的普拉斯的病态部分所造成的恶果。会讲话的玩偶代表一个形象,她在《爱丽尔》诗篇里发出无情的毁灭性声音。这个玩偶既糟蹋了普拉斯的父母和丈夫,最后也伤害了普拉斯自己。——奥尔温

我倚靠在锁着的门上。
你的玩偶坐在屋顶上，大声说
　　我和妓女在一起。

你的玩偶那天夜里冲开门
　　杀死你，走了，
对着星空喊叫，看到
　　正义得到了伸张。

死后的生命

我能对你讲什么呢,讲
你不知道死后有生命?

你儿子的双眼,有你斯拉夫和
亚洲的内眦赘皮,这使我们
很感不安,但会变成你的
如此完美的眼睛,后来变成了
湿润的宝石,最纯粹痛苦的最坚硬物质,
那时他坐在高高的白椅子上,
我喂着他吃。悲痛的大手不断
挤着他的湿脸巾。大手擦干了他的泪水。
但他的嘴巴背叛了你——它接受了
我这只脱离现实的手中的餐匙,这只
从比你活得长的生命中伸出来的手。

他的姐姐一天天长大了,
因这创伤而显得苍白,这个
她见不到摸不到感觉不到的创伤,
我每天给她穿蓝色布列塔上衣时敷裹它。

夜里我躺着醒在我的身体里,
一个上了吊的人,
我的颈神经被连根拔起,
联结我头盖与左肩的腱
从肩头被扯断,缩成了
一团结——我幻想我的这个痛苦
只有在我精神上用头颈吊在钩子上时
才能解释清楚。

我们这三个被生活丢弃的人
在我们各自的小床上
保持深沉的寂静。

我们被一只只狼所安慰。
在那二月和三月的
月下,动物园靠近了。
尽管在城市,却有狼安慰着我们。
每夜两三次,它们唱着,
达数分钟之久。
它们发现了我们躺的地方。
澳洲野犬和巴西狼与北美的
一群灰狼一道提高嗓门号叫。

狼用它们拖长的声音鼓舞我们。
在它们为你号啕
和向我们致哀中,

它们伤害我们,缠住我们,
它们把我们编入它们的声音中。
我们躺在你的死亡里,
在已落的雪中,正飘的雪下,

当我的身体沉入这民间故事里时,
故事里的狼正在森林里为两个婴儿
歌唱,他们在睡梦中变成了孤儿,
睡在他们的母亲的尸体旁。

手

两只巨大的手
逗弄婴孩时期的你。
后来同样的那双手悄悄地
把你放在爬行空间,
喂你药丸,戴上手套
以使你认不出来。①

当你在医院里醒来时,
你让帮手认出
在你所做的事情里面的指印。
你不可能相信。这很难
使你相信。
　　　　后来,在你的诗里
(这些诗像那双手戴着的手套),同一双手
留下了大大的指印。同样的指印
留在你最后辩解的信里——
这些信像那双手戴着的手套。

---

① 这里休斯怀疑普拉斯父母的手(更可能是她母亲的手),他们对普拉斯所做的一切很不负责任,她只是父母所戴的手套。——奥尔温

信中的话很快打动了我①,
远比你嘴里讲的话快,
它们仍萦绕于我的耳际。

有时我以为
你本人终于成了那双手
戴的两只手套。
有时我甚至以为
我也被拿起来,麻木得
如同被那双手戴的手套,
做着那双手需要做的事,
因为在我做的事里面的指印
与在你诗里和信里面的指印
以及你做的事里面的指印
都相同。

指印
在这里的这双空手套里,
那双手已从手套里消失了。②

---

① 指普拉斯父母对她的影响造成她第一次未遂的自杀。医院里的心理医生告诉她说,她失去父亲和对母亲的憎恨是造成她困惑的根源。——奥尔温
② 指普拉斯生前戴的手套,手套犹在,斯人已去。——奥尔温

潜望镜

美丽的诺塞特海滩外边的水面[1]上
是海洋里的太阳,是你奋斗后面
大海倾泻的水晶。它们
是你的自我的摇篮。那个冬天
你走进奔宁山脉[2]中雪盖的坟墓时,
你的自我的摇篮发生了什么?
你的占卜者的幻视石,像一块
幸运石,我的不幸石,它一直
跟随着我。我能朝它里面看,
依然看见那蓝色的海面,映着
阳光的海鸥,带有拍岸浪花的泥路,
向北逶迤而去,像犹太人的路,
这雷霆万钧下通向希望的路,
你沿着它向海照亮的天空走去,
你棕褐色的双肩垂着,身穿
黑色的游泳衣。

---

[1] 这一行诗引自普拉斯的名篇《爹爹》。——杰夫
[2] 从苏格兰到英格兰中部的山脉,休斯的家乡西约克郡和普拉斯的墓地都在此山脉中。——杰夫

不论你走到哪里,
它是你的潜望镜镜头[1],
在你的陶器耳环之间,
在你的明眸后面,这样的一种
无瑕的水晶,是那样的透明,
那样的平衡,是那样的人见人爱。

我依然拥有它。我拿着它看——
"美丽的诺塞特海滩外边的水面"。
你的未受损的童年,你的天堂
以它的浅滩上亚当以前的鲨
作为一种保证,上帝自己的商标。
我这样那样地调试潜望镜。
那样调,我见到你无限的快乐
闪现在朦胧的海浪风之中,见到
你在镜头中的幻象。这样调,
见到我梦中墓穴里
压坏得无法修复的灯,
一片漆黑,在你的墓碑之下。

---

[1] 指普拉斯记忆中令人舒畅的理想的意象,它总结在她的"美丽的诺塞特海滩外边的水面"这行诗里。——杰夫

这位上帝[1]

你好像是一位无神可祈祷的
虔诚的狂热者。你要当作家。
要写什么？在你内心
需要讲的故事是什么？
必须要讲的故事
是作家的上帝，他从睡梦中
以听不见的声音，
喊道："写呀！"
写什么？

你的心是撒哈拉沙漠的腹地，
狂暴在它的空茫之中。
你的梦是一片空茫。
你俯身于你的书桌，
为拒绝存在的故事流泪，
如同对一个不存在的上帝

---

[1] 普拉斯既渴望又强制写作（有好长一段时间，她不知道她需要写什么，但知道她必须写）。休斯把这比喻为苦修者的盲目信仰，在沙漠里耐心地孤独地祷告，希望得到神示。她的一生对这位上帝做了这样的奉献，她绝对需要写作，结果是写出了诗篇《爱丽尔》。——奥尔温

无法祷告的祷告而流泪。
一个有着可怕声音的死上帝[①]。
你像那些吸引你注意的
沙漠苦修行者,
在上帝的这块折磨人的
空地里炙烤着,空虚的上帝
从苦修者的指尖上,
从阳光柔和的尘埃里,
从山岩空白的面孔上,
吸出了许多小妖精。
他们枯燥的透不过气的祷告
是一个上帝。
你空茫的惊恐也是一个上帝。

你献给他诗歌。首先是
一小瓶一小瓶的空茫,
你的惊恐把它的眼泪
滴进这些小瓶里,眼泪
干了,留下了结晶光谱。
是你睡梦中留下的盐迹。
好像是黎明后,结在
沙漠里一些石头上的露水。
是对不存在的上帝的供奉。
是小小的祭品。不久

---

① 暗指普拉斯已死的父亲。——奥尔温

你通宵默默地嚎叫
使它本身变成了一个月亮，
你的上帝火热的偶像。
你的叫喊抱着它的月亮，
如同一个女人抱着死孩。
所以我服侍你，好像是一位
护理着死孩的女子，俯身用她指尖上
沾的泪滴，为死孩的嘴唇降温。
我，护理着一个有人性但已死的月亮，
一个凋谢的月亮，一个把你烧得像
一团磷的月亮。

直至那小孩动弹了，嘴巴动了。[1]
血渗在你的乳头上，一滴血食。
我们快乐的时刻！

这小神飞上榆树。
你在梦中，睁着呆滞的眼睛，
听见这小神的神示。你醒来时
两手动了动。你惊愕地望着
如同你的双手制造了一个新牺牲品[2]。

---

[1] 这不是真的生孩子，是她长期酝酿写作的努力得到了回报，写出了诗篇《爱丽尔》。——奥尔温
[2] 指普拉斯在不知不觉中写的诗。——译者

两捧血,你自己的血,
在那血里有我的血滴①,裹在
故事的纸巾里,这是从你那里
莫名其妙地滑出来的故事。
胎儿的故事。你难以解释它,
否则小孩会舔你的手。这小神
夜晚在果园里吼叫,
他的吼叫一半是狂笑。

你白天喂他,在你浓密的披发下,
在你俯身于书桌之上,在你秘密的
灵屋里,你喃喃地说着,
你用手指和大拇指打响嗯,
摇温思罗普②贝壳,想听到大海的声音,
你还给了我一个模拟像——印在
路德教《圣经》上的一张西尔维娅的照片。
你难以解释它。睡眠打开了。
黑暗像香水似的从睡眠里
不断流出来。你的一个个梦
突破了梦的棺材。
我两眼漆黑,擦亮火柴,

---

① 普拉斯在后期的诗里描写了她痛苦的经历,其中也夹有休斯的痛苦经历。——译者
② 波士顿郊区的海边小镇。1936—1942年,普拉斯的父母生活在这里。据说,普拉斯诗中大海的意象大都来源于此。——杰夫

在你的灵屋里辗转反侧，
移动着的四肢不是我的四肢，
用不是我的声音，讲述
我不知道的故事，
惹得我眼花缭乱的，是你照料的火
引起的烟，是我不知不觉中
点起的火焰——在你咒语般低语的
氧气喷嘴上燃烧得发白。①

你用你母亲的没药树树脂
你父亲的乳香和你自己的琥珀
给这火焰添燃料，火舌便讲述了
他们的故事。②突然
人人都知道了一切。
你的上帝嗅着这浓浓的烟味。
他的咆哮在你的耳中，像是
地下室的火炉，在地基上隆隆作响。

你流着泪，狂热地写着，
你的欢乐是火焰的烟中
恍惚的舞者。
你对我说："上帝通过我讲话。"
"别那样说，"我大声道，"别那样说。

---

① 休斯描写他在读普拉斯的诗时神思恍惚的体验。——杰夫
② 火舌指普拉斯的诗篇，故事指有关她与父母以及与休斯的关系。——杰夫

那是可怕的不幸!"我坐在那里
用愤怒的眼睛望着一切
在你的牺牲火焰里腾起,
那火焰最后也烧着了你
直至你消失,炸入
拥抱你的上帝、你的妈咪
和你的爹爹的故事火焰里。
你的爹爹——你的阿兹特克人①,
悲伤化身的黑林山之神。

---

① 墨西哥印第安人,约自十三世纪起在墨西哥中部建立帝国,十六世纪被西班牙征服。他们把人作为牺牲品,贡献给他们的神。——译者

言论自由

在你的六十岁生日,在蛋糕的烛光里,
精灵爱丽尔坐在你的指节之上。
你接吻似的噘着嘴,给这精灵喂葡萄,
先是一粒黑葡萄,然后一粒绿葡萄。
你为何如此严肃?大家都笑了。

仿佛是深表感激,这整个的联欢会——
老朋友和新朋友,
一些名作者,奉承你的精英,
还有出版家们、博士们和教授们,
他们的眼睛在快乐的笑声中眯成了缝——甚至

最近开的罂粟花也笑了,有一株笑落了花瓣。
一支支生日蜡烛抖动着它们的火尖,
想忍住它们的欢乐。你的妈咪
正在老人院里笑。你的孩子们
正在地球的另一边笑。你的爹爹

在深处的棺材里笑。还有星星,
这些星星肯定也笑得全身打颤。

还有爱丽尔——
爱丽尔怎样?
爱丽尔来到这里很快乐。

只有你和我面无笑容。

一张奥托的照片①

你站在黑板旁:想当
路德教牧师而未能如愿。
你关于天堂、人间和地狱的想法
被蜜蜂群大大地改变了。

对你的普鲁士背脊骨的冲击
是如此之大,以至于可召集到诗里,
发现你自己如此纠缠于我——
从你的棺材里站起来,一个

使你在黑暗的进口与我面对面的大冲击,
我到那里来找你的女儿。
你曾以为此地洞是你家庭的墓穴。
不管我们的内疚是怎样难以理喻,

---

① 指普拉斯的父亲奥托的照片,普拉斯的名篇《爹爹》提到过。根据普拉斯母亲奥里莉亚在《家信》的前言中所提,奥托·普拉斯是蜜蜂专家,对妻子严厉、生硬、专断,奥里莉亚只有百般依从他,他才高兴,因此普拉斯在《爹爹》一诗里称他为"纳粹"。奥托因为自己求医不当而被锯掉一条腿。奥托死时,普拉斯才八岁,但在她幼小的心灵深处却留下了终生难愈的创伤,以至她后来常处于精神不稳定状态。——杰夫

我从没想到你的英灵与我的阴影
难分难舍,只要你女儿的话能拨燃
蜡烛。她很难叫我们最终分开。
此处你的照片可能是我儿子的照片。

我懂得——你从不可能放开她。我太迟了,
迟得完全成了一个不能替代你的神话。
这阴间,我的朋友,是她心上的家。
我们在此必须永不分离,

一切应被原谅,而且是共同的——
不是我看见她在你后面,在那里我面对你,
而是像欧文[①]一样,在写好他阴郁的诗篇之后,
在战斗之中,仿佛单独

与他的德国人睡在坟窟里。

[①] 威尔弗雷德·欧文(1893—1918),英国诗人,1915年参加第一次世界大战,大战结束前一周阵亡。其诗作大多揭露战争的残酷与恐怖,充满对青年葬身战火的惋惜之情。在下一句休斯称他的名篇《奇怪的会面》为"阴郁的诗篇"。——杰夫

手　指

谁会记得你的手指？
它们长翅的生命？
它们与你的眼光齐飞。
它们在钢琴上弹出四十年代的
流行音乐，手用偶然的小丑套路
滑稽地表演冷面木偶戏。
你只关心把手指触在琴键上。
但当你谈话时，当你的双眼发送
你兴高采烈的脉冲时，你的手指
突然张开，弹出芭蕾舞般的飞行特技。
我想起了热情洋溢的鸟儿
色情的表演，蹦跳着，翻着筋斗，
在空中做着奇怪的动作，向地上俯冲。
那些是你热情过度的舞蹈者！
带着如此灵巧而实用的姿态——多么准确。
你的手指像闪电那样迅捷地思考着
把唇膏涂入你的嘴角。

你的手指，你专长的润色师，
在你的打字机上欢跃，被调皮的

稚气所支配。你的手指不管做什么，
总是轻盈地表情十分丰富地
舞动或模仿调皮的稚气。

我记得你的手指。你女儿的手指
记得你的手指
所做的一切。
她的手指遵从你的手指——
我们屋子的守护神。

一条条狗[1]正吃着你们的母亲

那不是你们的母亲,是她的尸体。
她从我们的窗户跳下,
跌在那里。那些扯着她的
不是狗,只是看起来像狗。
记得吗,从巷子跑来的瘦猎犬
高高地衔着晃荡着的狐狸肠和肺?
看,谁在街头四肢趴下,
蹦向你们的母亲,拽她的遗体,
抬起他们狗似的嘴巴,换着新的姿势。
保护她,他们将撕扯你们,
仿佛你们更加是她。
他们将发现你们全身的肉
和她的一样新鲜多汁。
营救她原来的模样太迟了。
我把她埋葬在她跌倒的地方。
你们在她坟墓的四周玩耍。
我们排列从阿普尔多[2]运来的

---

[1] 这是休斯直接写给他的子女的诗,告诉他们说,那些评论普拉斯及其诗歌的评论家、学者,如同一群狗争吃他们的母亲。——杰夫
[2] 英格兰西南海岸德文郡的一个小镇。——译者

海贝和有花纹的大鹅卵石,
好像我们是她本人。但是有一种
鬣狗群不安地顶风而来。
它们把她挖了出来。它们大吃
她营养丰富的尸体,甚至咬掉墓碑面,
吞下坟墓的装饰品,
咽进墓地的土。
　　　　　　那就由她去吧。
让她成为它们的猎物。去把你的头
隐藏在布鲁克斯山脉①积雪的河里。
去把纳勒博平原②外边盘旋的风
遮住你的双眼。让它们抽动断尾,
狗毛倒竖,对着它们的
交际酒会呕吐。
　　　　　考虑最好用神圣的关心
把她搁在高架的铁格栅上
让秃鹫
把她带进太阳。想想吧,
这些嚼碎骨头的嘴巴,
这些努力为屎壳郎备食的嘴巴,
而屎壳郎将把她运回到太阳里。

---

① 北阿拉斯加的一个山脉,在育空河与北冰洋之间形成一个分水岭。休斯的儿子尼古拉斯生活在阿拉斯加。——杰夫
② 澳大利亚中南部的一大片沙漠地带,休斯的女儿弗莉达住在澳大利亚,常来此画。——杰夫

红　色[1]

红是你的颜色。
不是红，就是白。但是红
是你裹着自己身体的颜色。
血红。是血吗？
它是温暖死者的红赭土？
它是使宝贵的祖传遗骨——家人的尸骸
成为不朽的赤血石。

当你最后采用你的办法走了时，
我们的房间是红色。一间审判室。
盖子盖好的珍宝盒[2]。
血红的地毯印上了暗黑色纹路，
像是凝结的血块。红宝石颜色的
灯心绒窗帘挂在那里，如同血的瀑布，
从天花板直泻到地板上。
坐垫也是如此。同样，沿窗台

---

[1] 红色是普拉斯最喜欢的颜色，这符合她性格中狂热的一面。在西方，它代表激情、狂热、战争。但她性格中有另一面：安静、耐心、沉思。所有这些品格在西方用蓝色表示。休斯希望她更多地在蓝色中生活。——奥尔温

[2] 指普拉斯住的起居室，她把所有心爱的东西摆在那里。——奥尔温

是胭脂红色。一间令人心悸的房间。
阿兹特克人的祭坛——圣殿。

只有一个个白书架避开了血红。

窗户外边
单薄的皱而脆弱的罂粟花
如同血染了的皮肤；
你父亲用来给你命名的撒尔维亚草，
红得像伤口里涌出来的血；
还有红玫瑰，心脏的最后一摊血，
动脉流出的灾难性的必死无疑的血。

你的天鹅绒长裙，血染的包扎布，
深红如勃艮第红葡萄酒。
你的嘴唇，一抹深红。
你陶醉在红色里。
我感到剧痛，像摸到刚包扎好
正变硬的伤口上的纱布。我能触摸到
纱布里开口的血管，隐现的痂斑。

你把所有的东西先打上白底，
然后泼上玫瑰红，压住白色，
俯身于白色，滴下玫瑰红，
哭泣着流出玫瑰红，愈来愈多的
玫瑰红，有时在玫瑰红之中

画一只小蓝鸟。

蓝色对你来说比较好。蓝色
是翅膀。旧金山买来的
翠鸟蓝绸衣把你妊娠的身体
包进严肃的爱抚中。
蓝色是你和蔼的灵魂——不是食尸鬼
而是受震惊的考虑周全的护卫者。

在红色坟墓里
你躲开了骨科诊所的白色。

但你失落的宝石是蓝色。

特德·休斯给译者的信

亲爱的张子清教授：

弗雷德·雅各布斯（美国）告诉我说，你寄送给我一本书。邮件必定在什么地方被吞没了。不过，谢谢寄书和想到我。

他提到说，你正对英国诗歌做"广泛的研究"。

除了同一些诗人的友谊和对零星的作品的兴趣，我对整个诗坛的了解不太多。

但我乐意告诉你关于我创作的情况。

也许你最好寄给我一张单子，列出你的问题。

至于翻译：我知道某种诗歌译本比其他的译本更成功。对我的作品，我们可以试验一下，看看哪种方法译成中文为最佳。

盼复！

此致
敬礼！

特德·休斯
1998 年 1 月 18 日

〔后附诗人手稿〕

Court Green, North Tawton, Devon EX29 2EX
18 January 1998

Dear Professor Zhang Ziqing —

Fred Rue Jacobs (U.S.A.) tells me you sent me a book. The mail must have swallowed it somewhere. Anyway, thank you for the gesture and the thought.

He mentions that you are writing a 'broad study' of the English poetry scene.

Apart from my friendship with some of the poets and an interest in the work here and there, my knowledge of the whole field of activity is not very detailed.

But I am happy to tell you what I can about my own past in it, such as it is.

Perhaps the best way would be for

you to send me a list of questions.

As for Translations: I know some kinds of verse translate much more successfully than others. Perhaps with my own work, we could experiment with a few, and see which come out best in Chinese.

I look forward to hearing from you

Yours

Ted Hughes

谁来写休斯传记？

[美] 弗雷德·雅各布斯

在各种研讨会上，特别是1980年和1990年在曼彻斯特召开的特德·休斯大型学术研讨会议上，一再有人提出"谁来写休斯传记"的问题。德国的埃克贝特·法斯？英国的特里·吉福德？法国的琼妮·穆兰？澳大利亚的安·斯奇？美国的莱恩·西加？他们都写了一两本研究休斯的作品的专著。或者由埃及、印度、巴西的一些新的批评家来写？谁来写？众说纷纭，莫衷一是，结果似乎谁也不想写休斯传记。

在公众心目中，休斯是名人，他毕竟是英国女王伊丽莎白二世钦定的桂冠诗人。但他被视为避开"文学生活"的人，他避开伦敦诗歌"权贵"的阴谋诡计，是一个超然于德文郡农田里的小农，远离城市喧嚣和摄影机的闪光，垂钓于河畔，写作于乡间。如果作为休斯的传记作者，他便会感到自己是休斯平静生活的闯入者，像一个特务。

但我只能想象休斯在韦林顿斯潮湿的德文郡农场上辛勤地干活，或者每天上午十点伏案写作，或者在小河边、池塘旁一次又一次地甩钓竿。我知道公众场合下的休斯生活舒适，讲究吃喝，善于讲故事，更像花花公子而不像他似乎想要当的孤独隐士，是酒吧间里一个有趣味的人。

正如约翰逊说博斯韦尔，你不可能认识一个人，直至你"同他一起吃喝"。进餐使我想起休斯,因为是一同用餐,所以记得牢当时的情景,能记起我们自己和同我们在一起的人。赫兹利特说,他记得卢梭的《新爱洛伊丝》,因为他是吃冻鸡和喝银壶里的上好咖啡时读它的。我记得休斯是我同他边吃饭边谈心时的味觉与听觉联系在一起的,特别是同他谈话的声音联系在一起。

对于我,那说话声犹在。我不可能不听他那深沉、浑厚、有力的朗诵声而读他的诗作。有录下他朗诵的唱片和激光磁盘,如果你不去听,我觉得你不可能真正懂得他的诗。我记起来,要读懂迪伦·托马斯和切斯瓦尔·米沃什,就要听他们朗诵的录音磁带。可惜我们不可能听到唐朝诗人如李白的朗诵了。

在伊丽莎白二世五十岁生日庆典期间(1977年),我第一次见到特德·休斯。我来伦敦和休斯的姐姐奥尔温在一家意大利鱼餐馆吃饭。因为这是女王的大庆,我急匆匆地从巴塞罗那赶来,还没找到住处,只是整理了行李箱,叫了出租车。我刚落座,休斯就来了。他没有看菜单,只是问招待员是否可以请厨师烧一道特别的菜肴。厨师对食客信任他的手艺感到荣幸。我也点了同样的菜。菜味道很好,不过我不好意思问这是什么菜,至今仍不懂它是什么菜。女王是谈话的主要话题。休斯那时刚获得不列颠帝国勋章,并且见到了女王。他说她有"使你感到和蔼可亲的本领",接着描述她个儿如何娇小,但又如何"杰出"。她非常熟悉他的诗,还知道他具体的诗篇,不像是她只听了别人简单的介绍。我们谈话到深夜,在那个时候,伦敦的店铺在晚上十一点就打烊了。超过晚上十一点,你甚至叫不到出租汽车。

离开时,他提议用车送我到旅馆。我没有预订旅馆,于是他请招待员拿来电话,在半夜里叫醒他的朋友,为我安排在那里住一个星期,并用车把我送到那里。

他的朋友莉莲娜·吉阿迪尼举行晚餐会。每个参加者都要带一些食物。我不知道带什么为好。休斯建议我带一条熏鳗鱼，从哈罗兹商店里很容易买到。他带去了香槟酒。我们大吃了一顿。有两个意大利姑娘在伦敦学习英语，一个名叫萨拉，另一个名叫帕特丽齐亚，是文学杂志的工作人员。我们照了几张照片，这是他难得的一次拍照。休斯谈到他写的一个歌剧《瓦斯科》，和作曲家戈登·克罗斯合作的。歌剧整个情节都改了。休斯本来把它写成了一出轻歌剧，喜剧，后来与克罗斯分别了好几年（他的婚姻破裂了），如今它上演的是"三个半小时的悲剧"。姑娘们打听在伦敦有什么可看的。休斯总是告诉人他所喜爱的去处。他叫她们到律舍①去看看，但"要从W.H.史密斯百货公司主管餐厅那个位置看，给帕姆·莱格特打电话，对她说是我请你们去的"。

我们也常在莉莲娜处用早餐。在一次用早餐时，休斯谈起我们曾在一起吃过的鳗鱼。他讲捕捉鳗鱼的事，特别谈论在德文郡捕鳗的事，甚至想在那里开办捕鳗业。他说那里很长时间没有捕鳗了，如今鳗鱼很多。他还讲到如何捕鳗，介绍鳗鱼在海里和陆地的生活习性，详细描述鳗鱼的敏感，甚至"对一个分子也能辨别得出来"。

有一次，我们在伯克利斯彭郊海鲜馆吃毕黄油蟹腿肉宴，整个下午大吃生蚝。他讲到吃蚝补身体的知识，如何一口咬下去，用它们生命的汁液滋补身体。于是我开玩笑说："你可不能尽信关于蚝能增强性欲的传说。昨天晚上我吃了十二只，为什么只有九

---

① 律舍（Inns of Court），也译为律师协会、律师学会、律师学院，是英国伦敦培养律师的四个单位——林肯律师学院（Lincoln's Inn）、格雷律师学院（Gray's Inn）、内殿律师学院（The Inner Temple）和中殿律师学院（The Middle Temple）。——译者

只起了作用。"接着我们驱车过桥,到联邦大街买他爱吃的核桃馅儿饼。他告诉我们他有一个二十多年的写作计划,他曾想把《涅槃经》改编成歌剧的歌词,或许改编成清歌剧,与中国作曲家周万冲(音译)合作。从1957年起,他们断断续续合作了这么长时间,而今这位周君"消失不见了"。

休斯第一次见到我的女友米咪是在埃克塞特的白鹿原酒店。我们吃着牛排和蚝馅儿饼时,他告诉我们说,在这同一个地方,当年霍金斯[1]、罗利[2]和德雷克[3]曾来此讨论如何防御西班牙无敌舰队。然后我们驱车到吉德公园的达特穆尔时髦旅馆喝茶,他在那里曾为一位厨师的食谱写过前言。他跟我们谈起他的孩子。他的儿子想把鱼引进到非洲,那里的食物很贫乏。他的女儿在澳大利亚画画。在美国侵越战争期间,他曾叫他的儿子去掉他美国公民的身份,这样就可以不服兵役,不去越南作战。他对此感到抱歉,但为他的女儿同时拥有英国、美国和澳大利亚三国护照而自豪。

我的六十岁生日是在布里斯托尔癌症病院度过的,休斯特地赶来探视,米咪做我的护理陪我。病人的食物有严格的规定,只吃植物的种子、叶子和豆腐,隔一段时间吃草莓。休斯的到来意味着我可以出院,好好地吃一顿。我想吃牛排,但他劝我别吃,那还是在闹疯牛病之前。我们三个人在铁桥附近的一家餐馆吃了

---

[1] 霍金斯(1532—1595),英国海军行政官和指挥官,奴隶贩子,从西非贩运奴隶到西印度群岛等地,在任英国海军财务官(1577—1589)时,曾指挥舰队的一个中队于1588年击败西班牙无敌舰队。——译者
[2] 罗利(1554?—1618),英国探险家、作家,女王伊丽莎白一世的宠臣。——译者
[3] 德雷克(1540—1596),英国航海家,第一个环球航行的英国船长,曾任舰队副司令,击败西班牙无敌舰队(1588年)。——译者

谁来写休斯传记? 271

美味的大马哈鱼。休斯刚从冰岛回来,这是我们最喜欢去的地方之一,有许多关于梦的故事。他被这些梦的故事所迷。他告诉我俩说:

一个汉子梦想和一个同事的妻子去冰岛。他梦想他俩在那里做爱,她恋爱了。同时,这位同事的妻子(他真的不认识她)也做了相同的梦。接着这位汉子做了对她不忠实的梦。现实生活中的妻子却患了精神崩溃症。真的!说说看,讲这个故事的是哪些人!

他听到另一个梦的故事是:

一个姑娘梦见被一个教授叫去巴黎参加火山学术会议,在会上宣读论文。她梦见她精通此课题,学会了法语,去到了巴黎。她梦见自己做了学术报告,被公认为这个领域里的杰出学者,特别是被坐在前排的那位教授所承认。她早晨醒来时走了出去,去看她梦中的那位教授。他穿过街向她走来,对她说:"了不起的学术报告!"这是真的!

他继续告诉我俩他的近作《冬日花粉》(Winter Pollen)的标题取自他妻子的梦。米咪告诉他说,她从不做梦。他说:"巴斯金[①]从不做梦。"我听说巴斯金荒凉的图景不是通过梦获得的,我感到休斯和他的合作者——一个最伟大的艺术家有着某些相似之处,这叫人不可思议。那天,我们照了几张照片,如今想起来,

---

① 巴斯金(1922—2000),美国雕塑家和版画家。——译者

272　生日信

后悔照得太少，但那时我们并没有觉得可惜。

我和休斯有好几十次同在一起吃饭、交谈，我耳边一直萦绕着他的说话声。他抱怨说他咳嗽。他想去朗诵或演讲，但咳嗽阻挡了他，因此停止了在公众场合露面。

菲利普·拉金是英国大出风头时的真正体现者，特德·休斯不是。休斯保持了罗马人坚毅不拔的品格，上嘴唇抿得紧紧的。他是那个品种的最后一位。而今喧嚷着要一位"新的"桂冠诗人，一位披头士或拉斯特法里崇拜者①或爱尔兰人，"不要在迦特报告，不要在亚实基伦街上传扬"②。

在癌症病房最后可怕的日子里，休斯时而瞌睡，时而苏醒，讲着他所梦见的情景。接着咳嗽不断，无法再讲下去。他又入睡了，醒来后又讲他的梦。接着他又咳嗽，又瞌睡，又醒来，又讲他的梦。最后，他没有醒过来。

我希望他再醒一次，告诉我们那个伟大的梦。也许有人懂得那个梦，与那个梦很协调。"写休斯传记"的合适作者就是这个人。那不是我。我从不做梦。

1999年1月

---

① 指崇拜前埃塞俄比亚皇帝海尔·塞拉西为神，并信奉黑人终将得到救赎重返非洲的牙买加黑人教派成员。——译者
② 出自《旧约全书·撒母耳记下》(1: 20)，意思是别让这消息使敌人高兴。这句话如今成了英国人和美国人的口头禅。——译者

后　记

译完一本书，通常总要写几句后记，以兹鸣谢或纪念，但这次为历时一年的译本作后记，非同寻常，一般的感谢足以表达我对弗雷德·雅各布斯教授和杰夫·特威切尔君这两位美国挚友深情厚意的谢忱。

认识弗雷德是1992年他在南京大学任教的半年期间。他是戏剧家，对中国的戏剧很感兴趣，我陪他看过昆剧、京剧和话剧。在江苏省话剧团的向群的安排下，拜访过昆剧导演，昆剧的历史和流派给他留下很深的印象。我陪他访问过著名话剧演员张辉，与张辉及其当导演的儿子进行了热烈的交谈。1994年，我作为富布莱特访问学者在加州大学伯克利分校访学期间，弗雷德两次从加州中部贝克斯菲尔德驱车数小时，赶至伯克利陪我游览我一直想参观的戏剧家奥尼尔故居——道宅，诗人罗宾逊·杰弗斯用花岗岩在海边建造的"鹰塔"，以及小说家杰克·伦敦农庄。他给我引见了他在金融保险公司工作的儿子埃里克。一次他和他的患癌症刚康复的爱女詹妮弗·方丹特地来伯克利，陪我在海边游览，并且也在伯克利斯彭郊海鲜馆请我吃了大梭子蟹。他本人身患癌症，不时去癌症病院治疗。但他从未在我面前提及他的病情，他总是热情洋溢地讲一些趣闻逸事，让朋友快乐。当他陪我漫游于海边时，他引用了孔子讲的"仁者乐山，智者乐水"的典故，当时我反应不过来，深为自己的知识浅薄而愧疚。回国后，我用Email给他回答此句的出处，但他已住进医院了，不知邮件是否引起了他的注意。他无力开车，便请了他在旧金山的学生贾斯廷·瓦腾巴杰来帮忙。他有一个爱好，即搜集有关特德·休斯在中国的译介材料，我曾寄给他方平与李文俊先生主编的《英美桂冠诗人诗选》，并且遵嘱给休斯也寄过，第一次休斯没收到，我第二次又寄。休斯的《生日信》在美国一面世，他就立刻给我寄来了。因为普拉斯的自杀，我对休斯早怀有成见，直至看完他的这本近作，我才改变了对他的看法，觉得有必要在中国译介它。在译林出版社的热情支持下买了版权之后，我断断续续花了一年时间才算译完。使弗雷德高兴的事莫过于译介休斯的诗，他闻讯抱病撰稿，并寄来与休斯的合影。

我开始翻译时，休斯于1998年1月18日给我来信。他最亲密的朋友弗雷德也是我最好的朋友，他自然在信里流露出一种亲切友好的感情。当时，我告诉他，在译完之后，我要问他有关的问题。他让他的现任夫人卡罗尔两次给我回信（第一次是9月8日，第二次是10月14日），说他乐意回答。当我译完之后，刚要用传真寄去我的问题时，卡罗尔送来的却是噩耗：休斯于10月28日因癌症医治无效而去世了！我感到悲哀和懊丧。我曾以为休斯保守，还没装E-mail，却不知他已病重，无力顾及现代化的通信手段了。如果他有E-mail的话，也许我们可以多通几次信。人生常有令人揪心而无法弥补的憾事，这也是我生平无法弥补的憾事之一。

后来我请弗雷德从他个人的角度，给我们谈谈他与休斯的交往。从弗雷德的回忆文章里，我们看到休斯是一个很富人情味的普通乡民，而不是冷冰冰的桂冠诗人。1999年9月12日，弗雷德也因癌症不治而随休斯去了。他实际上是在癌症病院写下他悼念休斯的文字，一篇关于绝笔诗集的绝笔文章，弥足珍贵可以想见。

向群写了一个有关人的命运如同罩在一张大网里的剧本，弗雷德对此极感兴趣，有意与向群合作，在美国上演。可惜未来得及实现。世上有多少人能逃脱这张无形的大网？弗雷德被这张网紧紧裹住，已失去逃脱的机会。普拉斯和休斯又何尝不是如此。只是我们生者仍在这张大网里挣扎着，期盼着。1999年4月我去瑞典讲学，弗雷德希望我从瑞典赴美去探望他。殊不知作为中国普通的大学教师，何来财力轻易出国？我无力突破这张大网，对弗雷德来说，是极大的失望，对我而言，是终生的遗憾。

翻译中的一百多个问题谁来回答呢？我找毅衡君，他没空。他帮助我找了他认识的英国诗人朋友，他告诉我说，他们答不上来，即使休斯活转过来，也不能全答上来。但在此紧急的情况下，还是和我长期有合作关系的美国朋友杰夫帮了大忙。他是杜克大学毕业的文学博士，研究的是庞德，无疑胜任此项任务。他对每个问题的回答细致入微，旁征博引。更令我感动不已的是，他把自己手头许多亟待完成的工作丢了一边。杰夫曾在南京大学教过两三年书，我们朝夕相处，无话不谈。我对美国语言诗的兴趣与理解完全受益于他。我到斯坦福大学采访著名诗评家玛乔里·珀洛夫也是他一再建议的。他现在新加坡高校执教，通过E-mail给我寄来的答复有数十页纸之多。他在我翻译的过程中所起的作用，远远超过了一般的校者。

休斯姐姐奥尔温对翻译严格以求，在同意我翻译之前，坚持要我用英文散文的形式逐行准确地传达《拉格比街十八号》一诗的原意（不准增减）。在我通过了这场严格考试之后，她才同意我翻译。她对杰夫的解答逐条评论，并提出自己的意见。她的解释之宝贵，是别的评论家无可代替的，因为特德·休斯诗中的一些隐喻和事件只有她了解。凡是她的权威性注释，我均在脚注标上

"奥尔温"字样。奥尔温在帮助译者弄懂诗中难点上尽了她最大的努力,不但给我寄来参考书,而且亲自画图示意。例如,为了让我了解第一首诗里描写普拉斯留有维罗妮卡·莱克的发型,她特地寄来莱克的照片。根据这张照片,诗里的所谓刘海,不是我们平时理解的在额前留存的一绺头发,而是在脸一侧挂下的长发,头发之长,到达前胸。为了让我了解第二首诗的第六行"捕捉野兽的陷阱蓝图",她寄来一页休斯曾经对它解释的一段文字,我才弄明白英国乡村捕捉野兽时支撑的是石板,类似中国农村捕捉黄鼠狼时支撑的竹片编织物(两尺见方或长方形,斜撑着,挂有鸭头或鸡头,编织物上盖有重重的泥巴,黄鼠狼咬诱饵时便砸下来)。更可贵的是,她还寄来了休斯生前对《生日信》的荷兰和德国译者的部分解答。另外,她对诗集的题解对研究者颇有参考价值,特抄如下:"《生日信》是休斯年复一年在西尔维娅的生日那天写给她的一封封信,如同寄生日卡。西尔维娅本人写了不少有关她生日的文字,写了她重生的希望。她的《为生日而作》(Poem for a Birthday,1959年)是她首次的诗艺突破,预示她晚期的艺术风格。在她生前的最后一年,她写了两首重要的有关她生日(10月27日)的诗:《爱丽尔》(Ariel)和《十月的罂粟花》(Poppies in October)。另外稍微早一点的一首诗是《生日礼物》(A Birthday Present)。"

使我难以忘怀的还有休斯的妻子卡罗尔。她在休斯生前代表他与我通信。休斯去世后,她把我所提的问题及时转交给了休斯的姐姐奥尔温,才使翻译得以顺利完成。

此外,《当代外国文学》(2000年第一期)选载《生日信》和希尼的休斯追悼会悼词,美国华文诗刊《新大陆》(1999年2月第五十期和第五十一期)选载《生日信》,在此一并致谢。

诗人雷默是我的忘年交，他不但为我打印了部分诗稿，而且通读了全文，在诗的移行上提出了很好的建议。

爱婿刘文的专业是工科，但他理解和支持我的工作，放弃春节休息时间，为我打印译者序，以应上海外国语大学虞建华教授之约，先为他们新创刊的《英美文学论丛》充作一份稿件。同时对建华教授的关心深表谢忱。

在家里装上E-mail之前，我的学生和同事赵文书不厌其烦地为我发送和接受英国、美国和瑞典的E-mail，在1998年之内，不下数百次之多。没有他的及时帮助，要与国外及时联系几乎是不可能的。

在及时联系购买版权和出版《生日信》方面，要感谢译林出版社的大力支持，特别是感谢爱彬君的理解和协助。用传真数次与卡罗尔·休斯和奥尔温·休斯及时联系以及答复费伯出版社，均得益于他的相助。

对于翻译，我从不敢望文生义，总尽力弄个水落石出才罢休。尽管诗无达诂，但因思维定式和有限的学识，译文中难免有疏忽和错误之处，企望诸先进和同仁不吝匡谬。

1999年2月初稿
2000年4月完成
于南秀村陋斋

新后记

南京译林出版社签订的《生日信》原著版权早已过期,这次是广西人民出版社买的版权。

这次趁再版之际,主要介绍特德·休斯和西尔维娅·普拉斯的长女弗莉达和次子尼古拉斯的一些情况。

1963年,普拉斯在三十岁时自杀,当时弗莉达只有两岁多,她和一岁的弟弟尼古拉斯正在隔壁的房间里。他们由父亲抚养长大。从小失去母亲的悲痛一直伴随着她,但父亲的爱也伴随着她。她的父母都是O级教学大纲上的科目,这让她陷入了进退两难的境地。她说,她父亲在家里对她说:"好吧,好吧,我们可以一起看我的诗。"可是她回答说:"我不得不说不,我们不能,因为那叫作弊。"她意识到,不管她是否接受她父亲的帮助,她都不对。她说:"如果我得到他的帮助,而主考人不同意他对自己作品的解释,我可能会遇到真正的麻烦。"特德·休斯对女儿充满了爱,这表达在他的一首短诗里:

圆月和小弗莉达

一个凉爽的小夜晚缩小成狗吠和桶的叮当声——
你在听。
蜘蛛网,触摸露珠而紧张。

一桶水拎起来，静静的水面——像镜子
引诱第一颗星星颤抖。
一头头母牛在那里的小路上回家，
用它们一圈圈温暖的气息环绕着树篱。
一条黑暗的血河，许多巨石，
平衡着未溢出的牛奶似的银河。
"月亮！"你突然喊道，"月亮！月亮！"

月亮后退了一步，就像一个艺术家惊奇地凝视着一件作品，
这让他吃惊。

　　弗莉达继承了父母的诗歌基因，是出版过好几本诗集的诗人，同时也是开过画展的画家。她把自己的生活经历融入到自己的作品中，但她对绘画和诗歌的运用非常不同。"我能够通过我的绘画来审视我的情感，通过我的诗歌来审视我的思想，"她说，"我可以在一幅画中咆哮——我的抽象作品是情感的风景——但如果我在一首诗中咆哮，人们就不会再听了。"

　　她住在威尔士的农村，她在那里拯救乌鸦、喜鹊和猛禽。2009年，弗莉达与艺术家拉兹洛·卢卡奇的婚姻即将结束。在她的诗篇《死亡的烦恼》中，她描述了她在埋葬一只死乌鸦时的痛苦，突然让她想起了生活中所有失去的东西——父母和弟弟的去世，以及婚姻的失败：

几个月后，我的婚姻
已经在它尖刻的茎上腐烂，
跟随他走入地下

还有我的兄弟，

他迫不及待地要离开。

在这一系列灾难性事件之后，她把自己的内心生活描述成一片荒原："现在我的内心世界只不过是一个骨灰场。"

经历了一系列的丧亲之痛，她决定学习成为一名丧亲顾问，探讨和帮助自己也帮助别人如何对待悲剧，主要原因是婚姻破裂四个月后，她失去了朋友、安慰和婚姻带来的社会结构。"在弟弟自杀后，人们不知道该说什么，"弗莉达说，"他们可能想要同情你，但他们担心这会让你永远悲伤。"这些接连不断的损失导致了一定程度的社会孤立。"因为人们不知道该拿我怎么办，电话就不响了，"她说，"我意识到，如果我待在家里画画和写作，我可能会消失。如果我倒在地板上死了，几个星期或几个月后才会有人知道这件事。"她深知她必须以丧亲顾问身份走出家门，必须与人交往。

弗莉达是一个勇敢而坚强的人。她说："我强烈感觉到的一件事，我母亲的自杀和我弟弟的自杀让我深深感到，就是要好好地活。"她还说："我不认为我是一个毫无希望的人。我对自己现在的处境感到很满意。这是一个漫长的旅程，还有很长的路要走——我希望还有很长的路要走。"

在她决心迈步前行时，却又陷入了"破屋偏遭连夜雨，漏船又遇顶头风"的尴尬境地。

1994年，弗莉达住在澳大利亚农村时感染了肌痛性脑脊髓炎。这种情况意味着她无法阅读或集中注意力，每天的工作时间减少到四小时，每二十分钟一次。她说："我在现实世界中无法正常工作，我能做的只有睡觉。"她又说："我睡得越多，我就越生气。

所以我试着找到一种让自己不那么生气的方法,那就是富有成效。"她决定"顺其自然",在醒着的几分钟里写了一首又一首诗。最后终于从逆境中走了出来。我们衷心祝愿她作为诗人、画家和丧亲顾问平稳地平安地走她的人生之路。

她的弟弟尼古拉斯生前曾任职于阿拉斯加费尔班克斯大学,是一名水生物学家。他的学术专长是研究鱼在水流中的行为,对河流生态有很深的研究。他曾在夏季花费大量精力研究契纳河中的鲑鱼和鳟鱼,还发明了一种水下照相机,可以在水流中捕获立体的喂鱼画面。同时,对陶艺、木工、划船、园艺等也均有研究。他对鱼类的兴趣似乎继承了父亲爱钓鱼的基因。父亲在1998年去世前曾数次去阿拉斯加探视他。父母的恩恩怨怨撕碎了他的心。他没有从《生日信》中父亲的表白得到安慰。他没有忘记母亲在他出生时写的一首充满爱的诗《尼克和烛台》,母亲把他当作她自己的救世主:

>亲爱的,亲爱的,
>我把我们的洞穴
>挂上了玫瑰花。
>用柔软的地毯——
>最后的维多利亚地毯。
>让星星
>直奔他们黑暗的地址,
>让水银
>致残的原子滴落下来
>掉进那口可怕的井,
>你是唯一

坚实的空间，令人美慕。

你是谷仓里的婴儿。

尼克是尼古拉斯的爱称。烛台是教堂里敬上帝用的，谷仓的婴儿是耶稣！

为了回避新闻媒体的追踪，这就是他为什么从舒适的伦敦逃到遥远的阿拉斯加的原因。专栏作家科尔说："有几次我打电话告诉他，每当有关于他父母的新闻报道时，我都想写写他的生活和家庭关系，但他觉得这不是个好主意，所以就没写过。他应该有自己的隐私。总的来说，费尔班克斯的人尊重这一点，这是对我们这部分世界的一个很好的评价。在阿拉斯加，他有自由和机会按照自己的方式生活，并因自己的成就而得到认可。在这里，他不是一个永远被父母的生活所定义的文学人物。"

按理说，他的前途光明，可是他的感情脆弱，内向，孤僻，最后导致自杀。弗莉达说，他的弟弟患上了抑郁症。姐弟俩都无后代，休斯一门断了根。名人的悲剧结局竟至于此。[本文参照英国广播公司世界频道维贝克·韦内马的报道《西尔维娅·普拉斯和特德·休斯的女儿弗莉达：为什么我要成为一名顾问》和《费尔班克斯每日新闻矿业公司（Fairbanks Daily News Miner，Inc）》专栏作家德莫特·科尔的一篇报道。]

补充：弗莉达于1988年移居西澳大利亚的珀斯，后来1991年在珀斯以北的一个小村庄伍鲁鲁定居，在那里澳大利亚的风景成为她大部分绘画的基础。她于1992年成为澳大利亚公民。她从1998年到2004年住在英格兰，后来她搬到了威尔士。

弗莉达于1979年至1982年与农场工人德斯蒙德·道维结婚。她的第二任丈夫是房地产经纪人克莱夫·安德森。她的第三次婚

新后记 283

姻是在1996年与匈牙利艺术家拉兹洛·卢卡奇结婚。他们在分居一年后于2010年离婚。她没有孩子。她的堂姐是女演员菲诺拉·休斯，在WB超自然剧《被迷住》中扮演帕蒂·哈利维尔。

最后，我要感谢广西人民出版社买了《生日信》版权，为我提供了再次校订的机会，感谢编辑们的认真审稿。多年来，我在四川、上海、北京、南京等地出版过译著，但从来没遇到像广西人民出版社的编辑这样一字一句核对原文的，他们指出了原译中的不少错误和疏忽之处。

还要感谢吴宝康教授和赵文书教授不厌其烦地帮助我解决了在电脑上出现的种种问题。

——于南京龙园北路南京大学教职工公寓

2021年8月12日至2022年8月6日